文春文庫

新春歌会

酔いどれ小籐次（十五）決定版

佐伯泰英

文藝春秋

目次

第一章　師走の出来事　9
第二章　長崎の針職人　72
第三章　新兵衛の風邪　136
第四章　新春初手柄　199
第五章　おしんの仕掛け　265
巻末付録「ざるそば」を作ってみよう　330

主な登場人物

赤目小籐次《あかめことうじ》　元豊後森藩江戸下屋敷の厩番。藩主の恥辱を雪ぐため藩を辞し、大名四家の大名行列を襲って御鑓先を奪い取る騒ぎを起こす（御鑓拝借）。来島水軍流の達人にして、無類の酒好き

赤目駿太郎　刺客・須藤平八郎に託され、小籐次の子となった幼児

おりょう　大身旗本水野監物家奥女中。小籐次とは想いを交わし合った仲

久留島通嘉《くるしまみちひろ》　豊後森藩藩主

高堂伍平　豊後森藩江戸下屋敷用人。小籐次の元上司

久慈屋昌右衛門　芝口橋北詰めに店を構える紙問屋の主

観右衛門　久慈屋の大番頭

おやえ　久慈屋のひとり娘

浩介　久慈屋の番頭。おやえとの結婚が決まる

国三　久慈屋の小僧

秀次　南町奉行所の岡っ引き。難波橋の親分

新兵衛　久慈屋の家作である長屋の差配だったが惚けが進んでいる

お麻　新兵衛の娘。亭主は錺職人の桂三郎、娘はお夕

勝五郎　新兵衛長屋に暮らす、小籐次の隣人。読売屋の下請け版木職人。女房はおきみ

空蔵《そらぞう》　読売屋の書き方。通称「ほら蔵」

うづ　平井村から舟で深川蛤町裏河岸に通う野菜売り

梅五郎　駒形堂界隈の畳屋・備前屋の隠居。息子は神太郎

万作　深川黒江町の曲物師の親方。息子は太郎吉

美造《よしぞう》　深川蛤町の蕎麦屋・竹藪蕎麦の親方。息子は縞太郎

蔦村染左衛門　三河蔦屋十二代、深川惣名主

青山忠裕《ただやす》　丹波篠山藩主、譜代大名で老中。小籐次とは協力関係にある

新春歌会

酔いどれ小籐次（十五）決定版

第一章　師走の出来事

一

文政《ぶんせい》二年（一八一九）も残り少なくなり、江戸の町には慌ただしさがあった。

赤目小籐次《あかめことうじ》はこの日、芝口橋の久慈屋の店頭の日当たりに研ぎ場を設け、一心不乱に仕事をしていた。

紙問屋久慈屋の奉公人が使う多種多彩な鋏《はさみ》や刃物を研ぎながら、ふと視線を上げると、芝口橋際に荒神松《こうじんまつ》売りの姿があった。

竈《かまど》の神様を三宝大荒神《さんぼう》と呼ぶ。

江戸では一尺ほどの松の小枝を竈に供える習わしがあり、毎月晦日《みそか》が近づくと荒神松を売り歩くのである。

ために、大晦日ともなると荒神松売りの書き入れどきだ。毎月の晦日に荒神松を購《あがな》わなくとも、一年に一度の大晦日には三宝大荒神に感謝の気持ちで荒神松を供えるからだ。

一枝四文の小商いだが、松売りは必ず鶏の絵馬を持ち歩く。この絵馬を供えるとあぶら虫が出ないとの言い伝えがあり、荒神松と一緒に絵馬を買ってくれたから、それなりの稼ぎになった。

芝口橋の袂《たもと》の荒神松売りは、下尾久村の百姓の次男坊で毎年馴染《なじ》みの染二郎だ。染二郎は大晦日前の二十五日に久慈屋に挨拶《あいさつ》がてら、鮮やかな緑の松の一枝に榊《さかき》を添えて水引で結んだものを届けにきて、

「今年も橋の袂で商いをさせて下さい」

と願う。大番頭の観右衛門が、

「一年が経《た》つのは早いものですな。もう染二郎さんが荒神松を売る季節ですか」

「明日から店前で声を嗄《か》らします。迷惑とは存じますが、よろしくお願い申します」

と百姓の次男坊にしては如才なく頭を下げた。

「橋の袂はうちの敷地ではございませんが、うちの前は染二郎さんのお父つぁん

の代から下尾久の縄張り。余所者《よそもの》がきたら、ここは毎年の馴染みがおりますと断わりますでな」

「ありがとうございます」

と頭を下げる染二郎に、観右衛門が毎年恒例の、

「些少《さしょう》ながら景気づけですよ」

と荒神松の値にしては過分な一朱金の入った包みを渡した。

「大番頭さん、恐縮にございます」

と染二郎がぺこぺこ頭を下げるのを見て、

「小僧さん、左官屋の親方に、今年も下尾久から荒神松が到来しましたと知らせて下さい」

と命じた。すると、小僧の三次が町内の左官の親方十造の長屋にすっ飛んでいった。

江戸の町家では師走《しわす》になると、新年を新たな気持ちで迎えるために竃の手入れをした。長屋などでは竃塗りが回ってきて、一年働いた竃を塗り直した。だが、久慈屋のような大家大店《おおだな》では台所も広く、竃がいくつも並んでいる。そこで出入りの左官の親方が弟子を連れて手入れにやってくるのが例年師走の習わしだ。

久慈屋では、下尾久村から荒神松が届いた日に十造親方が竈の手入れをする。朝餉《あさげ》が終わった刻限で、この日の昼餉は朝の間に握っておいた握りめしで済ますことになる。

小籐次は台所に十造親方が入った気配を感じながら、せっせと研ぎ仕事に精を出していた。

「赤目様、そろそろ四つ（午前十時）時分ですよ。一休みなされませ」

と観右衛門が小籐次を茶に誘った。

「おや、もうそんな時分にござるか。貧乏人の節季働き、ふだんから仕事をしていればかようなことにはならないのでござるがな」

「とは申せ、赤目様が怠けてずる休みしているわけではございますまい。あちらこちらから頼りにされた結果、大晦日前の急ぎ働きにございますでな、いささか観右衛門、同情致しますよ」

観右衛門が帳場格子《ごうし》から立ち上がった。

小籐次も一区切りつけると、前掛けを外しながら研ぎ場の座布団から腰を上げた。すると、芝口橋を煤竹《すすたけ》売りや節季候《せきぞろ》が往来し、今年もいよいよ残り少ないことを実感させた。

小籐次が久慈屋の台所に行くと、すでに十造親方と弟子が竈の手入れを始めていた。

「親方、ご苦労じゃな」

「おや、酔いどれ様、わっしら、この竈塗りを済ませませんと正月が来ませんや。師走に壁塗りを頼む家もございませんからな、大事な仕事なんで」

と土をこねながら十造親方が応じた。

「ささっ、こちらへ」

神棚が祀《まつ》られた台所の大黒柱の前の定席にすでに腰を下ろし、茶を淹《い》れていた観右衛門が、

「赤目様、茶請けは染二郎さんが持参した干し柿ですよ。染二郎さんのおっ母さんが作る干し柿は絶品でな。食してご覧なされ」

と、木皿に盛られ、白く粉《こ》を吹いた干し柿を勧めた。

「頂戴《ちようだい》致す」

小籐次は一つ干し柿をつまんだ。もちもちした歯ごたえの表皮の下の果肉がなんとも美味で、

「いかにも絶品の甘さにござる」

と、もくず蟹の顔をくしゃくしゃにした。

「何個でもお食べ下され。たくさん頂戴しましたでな」

小籐次はしばし考えた後、

「いや、一つにしておこう」

「おや、なんぞ干し柿を食べると不都合がございますかな」

「いや、そうではござらぬ。つい親ばかを発揮して、駿太郎《しゅんたろう》や長屋の子供にと思うたまでじゃ」

「赤目様、十もあれば、長屋の子供と新兵衛さんに一つあて行き渡りましょう。包ませておきますでな、お持ち帰り下さい」

小籐次の住む久慈屋の家作の差配は新兵衛だが、数年前から呆けが急に進み、最近では娘夫婦が差配の仕事を代わっている。形《なり》は爺様だが、新兵衛はまるで無垢《む く》の赤子だった。そんなわけで観右衛門は新兵衛も子供の数に入れたのだ。

「なにやら催促したような」

小籐次はいささか己の言動を恥じた。

「ささ、茶が入りました」

観右衛門が長火鉢の猫板《ねこいた》の上に小籐次の茶碗を置いた。

「重ね重ね恐縮至極にござる」

「そのようなことはどうでもようございます。それより読売が、北村おりょう様の芽柳《めやなぎ》一派旗揚げを、なかなか趣向を凝らして報じましたな。これでおりょう様も一派の宗匠、引くに引けませんな」

と話柄を変えた。

「読まれましたか。空蔵さんに、読売は概して派手に書き立てる気味があるゆえ、事実だけを淡々と報じてくれと願うたのじゃが、おりょう様にお目にかかって許しを得ると約束したにもかかわらず違約をしおって、夏の市村座の芝居見物のおりょう様の様子やら、後ろ盾がこの赤目小籐次とほのめかすなど、余計なことばかりを付け加えた読み物仕立てにしおったそうな、けしからぬことじゃ。わしは未だ読んでもおらぬがその辺りを案じているところでな」

「いえ、赤目様はそう申されますが、なかなか抑えた筆致で、よい告知になっていたと思いますがな。それに赤目様とおりょう様が親しい仲というのは、市村座の『薬研堀宵之蛍火《やげんぼりよいのほたるび》』の舞台で江都《こうと》に知れ渡っていることにございますよ」

「そうではござろうが、おりょう様に迷惑がかからぬかといささか危惧《きぐ》しておる」

「たしかにあの読売は、おりょう様にとって功罪半ばしておりましょうがな、間違いなく江戸の歌壇に打って出るためにはよき宣伝になったことは確かですぞ。これでお弟子の心配は要りませぬ」

観右衛門が言い切った。

「空蔵さんの読売を読んで、おりょう様に和歌の手解《てほど》きを受けたいと申す人間がござろうか。わしにはそう簡単に弟子が集まるとは思えぬがのう」

「赤目様は、おりょう様のこととなると悪いほうにばかりお考えになりますな。大丈夫です。この久慈屋の帳場格子で睨《にら》みを利かせる観右衛門の辻占《つじうら》によると、千客万来と出ております」

「観右衛門どの、芽柳一派創立は、歌舞伎狂言でも神田明神の祭礼でもござらぬぞ。大伴家持様やら紀貫之様の御代からの文芸にござれば、縁日のように須崎村の望外川荘《ぼうがいせんそう》に詰めかけられても、おりょう様がお困りになろう。はて、どうしたものか」

と今度は門弟志願が須崎村に押しかけることを小籐次は真剣に腕組みして悩み、それを見た観右衛門が苦笑いして、

「ご案じなさいますな。収まるところに物事は落ち着くものです」

と言い切ったものだ。

「赤目様、どうですな。もし懸念がございますならば、昼餉の後に須崎村にご一緒しませぬか。私も北村おりょう様に鏡餅《かがみもち》を届けがてら、師走のご挨拶に伺いとうございますでな」

「正直申して、あの読売を読まれたおりょう様が立腹なされておられるのではと思うと、一人で望外川荘に行く勇気が湧《わ》かず、思い悩んでおった」

と小籐次が正直な気持ちを洩《も》らし、観右衛門との須崎村行が決まった。

左官の十造親方が輝くような黒土に仕上げた最初の竈の手入れを終わった時分、観右衛門は小僧一人を連れて、久慈屋の猪牙《ちょき》舟に乗り込んだ。むろん船頭は小籐次だ。

普段なら久慈屋から借り受けている小舟で大川を渡るが、観右衛門が、

「師走の大川は往来の船も多うございましょう。それに筑波颪《つくばおろし》がいきなり吹かぬとも限りません。うちの猪牙で参りませぬか」

と研ぎ舟に改装した小舟に乗ることを遠慮した。そこで新造の猪牙舟の櫓《ろ》を小籐次が握ることになった。

御堀からは正月を迎える仕度が江戸の町のあちらこちらに見えた。河岸道《かしみち》にある蔵では下男が頬被《ほおかむ》りして煤竹で壁の汚れを落としていた。またどこの屋敷からか、餅つきの小気味のよい音が響いてきた。

「いよいよ今年も残りわずかですな」

「泣いても笑うても本日を入れて五日になりました」

「赤目様の今年の大仕事は、深川の惣名主《そうなぬし》・三河蔦屋《みかわつたや》の大旦那《おおだんな》を成田山詣でにお連れした一件にございましょうな」

「いかにもさよう」

「再来年にはいよいよ成田山新勝寺の深川出開帳《でがいちょう》。それまで染左衛門様がお元気なればよいのですがな」

「必ずや成田の不動明王が大旦那様の身をお護《まも》り下さろう」

うんうん、と観右衛門が頷《うなず》いたとき、猪牙舟は築地川から江戸の内海に出た。すると、江戸前の海に縮緬皺《ちりめんじわ》が立っていた。

「大番頭さん、綿入れを」

と小僧の梅吉が用意していた綿入れを観右衛門の膝《ひざ》にかけた。

「赤目様は寒くはございませんか」

「それがしは櫓を漕《こ》いでおるでな、寒さなんぞは感じぬぞ」

五尺一寸足らずの小柄な体がゆったりと鞭《むち》のようにしなり、猪牙舟が縮緬皺の波を分けて、ぐいっぐいと進んだ。

赤目家に代々伝わる来島《くるしま》水軍流の棹《さお》、櫓遣いを、小籐次は亡父から叩《たた》き込まれた。

小籐次が仕えていた豊後《ぶんご》森《もり》藩久留島《くるしま》家は、戦場往来の時代は瀬戸内から豊後水道を縄張りにしていた水軍で、大小の船の扱いは武芸百般の一つとして家臣たちは修行させられた。

だが、徳川の世になり、大名諸侯が江戸に参勤奉公するようになって以来、大概の大名家は伝来の武術や得意技を忘れた。

赤目家では愚直に嫡男に来島水軍流の棹遣い、櫓さばきを教え込んだために、小籐次はかように猪牙舟を自在に扱えた。

鉄砲洲《てっぽうず》と佃島《つくだじま》を抜ける水道に佃島に向う渡し船が往来していたが、船中は満杯の乗合客で喫水線が舷《ふなばた》すれすれに上がっていた。

師走の買い出しに江戸に渡った島の女たちが戻る姿か。

小籐次は見慣れた景色がなにやら新鮮に思えた。

梅吉は猪牙舟で江戸の内海から大川を遡行するのが好きと見えて、舳先《へさき》に身を

伏せて片手の先で水面を捉《とら》え、

「おおっ、冷たいや」

などと喜んでいた。

梅吉は、久慈屋の一番新しい奉公人だ。

小籐次とも親しい小僧の国三は、芝居好きが高じて失態をしでかして奉公をしくじり、旦那の昌右衛門と大番頭の観右衛門が相談のうえ、水戸領内久慈川沿いの西野内村の本家細貝家に預け、紙造りから改めて修業させることにした。その代わりに、梅吉が雇われた。だが、こちらはまだ十三歳。年が明ければ十四だが、形も小さく奉公人に成り切っていなかった。

「梅吉、舳先は河口の波でがぶりますでな、海に放り出されてもだれも助けませんぞ」

「えっ、大番頭さん、これだけたくさんの船が往来しているのに助けてくれないのですか」

「おお、大晦日はだれもが必死に働いておられるでな、町奉行所が大晦日にかぎり見て見ぬ振りをお許しになったのですよ」

「それは大変だ。私は泳ぎがからっきしです。投げ出されては溺《おぼ》れ死ぬばかりだ。

師走にきて骸《むくろ》になるのは嫌だ」

と真剣な顔をした梅吉が上体を起こして畏《かしこ》まった。それを見た小籐次が、

「小僧さんの成り立ては素直でよいのう」

と呟《つぶや》くと、梅吉が大番頭のとぼけた顔に気付き、

「あれ、大番頭さんに騙《だま》されたぞ」

とぼやいた。

「梅吉、騙された、ではございません。いくら小僧でもお店奉公なれば仕事。どのような仕事も真剣に努めねばなりません。いつまでも長屋の餓鬼大将の気分でいてはなりませんよ」

と険しく注意した。

下谷《したや》広小路の裏長屋育ちの梅吉が、親元を離れて住み込み奉公をするのは初めてのことだ。見るもの聞くもの、すべて修業だった。

「大番頭さん、本日はどちらへお使いにございますか」

大番頭の注意にいささか緊張した梅吉が神妙な顔で訊《き》いた。

「そなた、北村おりょう様にお会いしたことはないな」

「お店の噂《うわさ》には聞いております。なんでも年増《としま》ながらもの凄《すご》い美形で、初めて会

った男は身震いするとか。手代さんが教えてくれました」

「梅吉、年増など余計なことです。手代がだれか知りませんが、口さがないことを。赤目様が気を悪くなされましょうに」

観右衛門が苦虫を嚙《か》み潰《つぶ》した顔で、ちらりと小籐次を見た。

「観右衛門どの、おりょう様は世間の常識に照らせば、年増と評してなんの不都合もございますまい。年を取るのは女も男もわれら長屋の住人も将軍様も等しく、正月がくれば一歳を重ねますでな」

と小籐次が鷹揚《おうよう》に答えたものだ。

「大番頭さん、これからおりょう様のお屋敷に参るのですね」

「いかにもさようです」

「どうりで番頭の浩介さんから、訪ねた先では行儀よく振る舞いなさいと格別の注意がありました」

「浩介さんがそのような注意をな」

観右衛門が満足げな笑みを浮かべた。

「そろそろ浩介どのとおやえどのの祝言話の日取りが決まってもよさそうな」

「赤目様、言うておりませんでしたかな。先日、旦那様が本家の細貝忠左衛門様と文のやり取りをなされ、黄道吉日を選んで祝言を執り行うことに決まりました」

「それはめでたい。これで久慈屋も立派な跡取りができて万々歳にござる。観右衛門どのの心労もこれで幾分軽くなったというものじゃ」

「うちはまだまだ旦那様がお元気ゆえ、すぐに隠居ということはございますまい。婿の浩介さんを一人前の久慈屋の跡取りにするにはなすことはいくらもありますでな」

「その心配はだれもしておらぬ。久慈屋には旦那様に大番頭どのと二人も重鎮が控えておられるで、浩介どのも安心でござろう」

「その辺の勘所が難しいと、旦那様と話し合うておるところでしてな。若夫婦が萎縮してもならず、かといって野放図に振る舞うことがあってもならず」

「浩介どのは賢い御仁じゃ。己を律すること、他人を立てることをとくと弁《わきま》えておられるお方、観右衛門どのの心配は杞憂に終わろう」

猪牙舟はすでに大川河口の三角波を乗り切り、永代橋を目指していた。長さ百二十余間の橋上では、大勢の人々が忙《せわ》しげに往来していた。

「すまねえ、どいてくんな。大八が通るんだ」

「この人込みに大八車なんぞ押し通るんじゃない」

「そう言うねえ。急ぎ仕事の普請場《ふしんば》に運ぶ材木だ。頼むから通してくんな」

と掛け合う声が水上に流れてきた。

「そうそう、旦那様から、赤目様に婿どのの後見になってほしいと仲介を頼まれておりました」

「観右衛門どの、わしは一介の研ぎ屋。大店久慈屋の若旦那になる浩介どのの後見など務まるものか」

「いえ、旦那様の眼力は大したものです。浩介さんとおやえ様の若夫婦が迷ったとき、必ずや頼りにするのは赤目小籐次様です。その折は力になって下さいまし」

「久慈屋さんに厄介になる赤目小籐次にござる。わしにできることならばなんなりと申し付けて下され」

と小籐次が答えたとき、永代橋で大騒ぎが起こった。

二

「人が落ちた！」

梅吉の叫び声に、小籐次も観右衛門も間近に迫った永代橋を振り仰いだ。

縞柄《しまがら》の裾《すそ》がひらひらと乱れて男が一人、小籐次らが見ている先で大川に派手な水飛沫《みずしぶき》を上げて転落した。

小籐次は櫓を握る両手に力を入れ、ぐいぐいっと漕いで、水面《みなも》であっぷあっぷする男のもとに向った。来島水軍流の櫓さばきの達人が本気を出したのだ。

猪牙舟は一気に永代橋下で浮き沈みする男のもとに漕ぎ寄せられ、観右衛門が身を乗り出しながら、

「梅吉、手伝いなされ」

「大番頭さん、どうすれば」

「梅吉、ほれ、なにをしているのです。襟首を摑《つか》まえて。泳ぎを知らない人のようですよ。水の中に引きずり込まれないようにしなされ」

と言うところに、小籐次も櫓を離して救助に加わり、三人がかりでなんとか猪牙舟に引き上げた。

ふうっ
と観右衛門が大きな息を吐いたところへ、小籐次はお店の手代風の男の腹部から血が流れているのに気付いた。

「観右衛門どの、怪我をしているようじゃ」

「なんですって。欄干を越えたときに怪我をしましたかね」

流れる猪牙舟を気にしながらも小籐次が男の傷口を見た。なんと鳩尾《みぞおち》の下に匕首《あいくち》で刺されたような深手を負っていた。

「しっかりせよ。今、お医師のもとに連れていくでな」

と言いながら小籐次は懐《ふところ》から手拭《てぬぐ》いを出し、血が流れ出す傷口に当てた。すると、観右衛門がようやく事情を悟ったか、手拭いを押さえながら、

「新川の銀町《しろがねちょう》に外科医の斎藤棟秀先生がおられる。赤目様、猪牙を新川に入れて下され」

と頼んだ。

「承知した」

と答えて立ち上がろうとすると、男が小籐次の手を両手で摑み、

「こ、これを」

と苦悶《くもん》の声で言った。

「預かった。まずはお医師のもとに走るでな」

小籐次は櫓に飛びつくと、一気に猪牙舟を立て直し、颯《さっ》と大川河口の右岸に口

を開けた新川を目指した。

背後の永代橋上では大勢の人々が、橋から人が落ちるという珍事に足を止め、息を呑《の》んで見物していた。だが、小籐次の猪牙舟に助けられたのを見て、それぞれの御用に向って動き出した気配があった。

小籐次は櫓を操りながら、背を刺すような、

「眼」

を意識していた。

一見、手代風の男は、混雑の中で欄干から転がり落ちたのではない。人込みの中で刺されて橋から投げ落とされたか、危険を察知した男が逃げようとしたところを刺され、必死で川に逃れたか、どちらかだろうと見当をつけた。

「しっかりしなされよ。ただ今、斎藤棟秀先生の診療所に連れていきますでな。もうしばらくの辛抱ですぞ」

観右衛門が男の頭を膝の上にのせ、繰り返し同じ言葉で元気づけていた。

男がなにか観右衛門に答えたようだが、小籐次には聞き取れない。

猪牙舟の行く手に、新川の口がぽっかり開いているのが見えてきた。

新川は亀島川の支流だ。

霊岸島四日市町と霊岸島銀町一、二丁目の間を流れ、大川河口に注ぎ込む。万治《まんじ》年間（一六五八〜六一）に河村瑞賢によって開削《かいさく》されたと伝えられ、瑞賢の屋敷もこの新川沿いにあったとか。

川の長さ五丁二十四間、川幅六間から九間ほどで、江戸の内海とほぼ直結する地の利もあって、両岸には下《くだ》り酒問屋が軒を連ね、今しも新酒の香りがほのかに水面から漂ってきた。

だが、さすがに酔いどれ小籐次も酒の香りを嗅ぐ不謹慎はしなかった。

「観右衛門どの、舟をどこへ着けますな」

「二ノ橋際に着けて下され。棟秀先生の診療所は河岸道の裏手、銀町二丁目の角にございますでな」

「承知した」

小籐次は新川の口で酒樽《さかだる》を積んだ荷船が出てくるのを左手に躱《かわ》しながら、一気に新川へと猪牙舟を入れた。すると、すぐ目の前に三ノ橋が見えてきた。

新川には西から一ノ橋、二ノ橋、三ノ橋と三本の橋が架けられていた。

小籐次は三ノ橋を潜《くぐ》ると一息に二ノ橋まで漕ぎ寄せ、橋前の船着場に着けた。

すると、四斗樽を荷積みしていた船頭衆や酒問屋の手代が、

「そんな乱暴に舟を扱っちゃあぶねえじゃねえか。新川は川幅もせまいんだぜ、気をつけねえ」

とか、

「そんな焦ってどうしなさった」

と声をかけた。

「船頭衆、怪我人だ。斎藤棟秀先生の診療所に担ぎ込む手伝いをしてくれぬか」

と小籐次が叫ぶと、

「なにっ、怪我人だって。おい、だれか橋板を持ってこい。そいつに載せて診療所に運び込むぞ」

船頭の頭分《かしら》が命じ、一気に船着場にいた男衆《おとこし》が手際よく動き始めた。

小籐次は舫《もや》い綱を打つと、観右衛門の膝に頭を載せて苦悶する男に、

「それ、もうすぐ外科の先生に診《み》てもらえるでな。気を確かに持つのじゃぞ」

と声をかけたが、もはや返事する力は残っていないように思えた。

「なんだい、酔いどれの旦那かえ。おや、久慈屋の大番頭さんまで。奉公人が怪我をしなさったか」

年寄りの船頭が二人に気付いて訊いた。すでに仲間たちは男の体に取りついて

猪牙舟から橋板へと移し換えていた。

「そっとな。怪我人は鳩尾の下を刺されているでな」

と観右衛門が注意を与え、

「おまえさんは六蔵の父つぁんじゃないか。永代橋の上から人が降ってきたと思ったら、怪我をしていたんですよ」

「なんとまあ災難でしたな。野郎ども、そっとな、急いで斎藤先生の診療所に運び込め」

新川で仕事をする船頭衆や手代が橋板に載せた男を船着場から河岸道に上げ、銀町の斎藤棟秀の診療所に運び込んでいった。

「観右衛門どの、わしが様子を見て参る。観右衛門どのは舟でお待ち下され」

小籐次は観右衛門に願うと小僧の梅吉を呼んで従え、河岸道に上がった。

「梅吉さん、ここがどこだか分るな」

「赤目様、新川にございましょう。先日、浩介さんのお供で御用に来ましたから分りますよ」

「なら、難波橋《なにわばし》の親分にご注進してくれ」

「ご注進ってなんですか」

「そなたが見聞きした出来事を親分に話せば、あとは親分が心得ておられる。よいな、怪我人は銀町の斎藤棟秀先生の診療所に担ぎ込まれておるのだぞ」

「分りました」

と叫ぶと、梅吉は新川の河岸道沿いに一ノ橋に向って駆け出した。

小籐次は小さくなる梅吉の背を見送りながら、ゆっくりと船着場から河岸道に上がった。そして、男が小籐次に託した神社の御札と思えるものを懐から出すと確かめた。表に、

「花御札」

とあり、その裏に、

「大黒町」

とあった。格別に金目のものとも思えない。

餅は餅屋、難波橋の秀次親分がきたら渡せばよいと考え、懐に戻した。

銀町二丁目の角に構えた斎藤棟秀の診療所は、担ぎ込まれた怪我人の手当てのためだろう、慌ただしさを見せていた。

小籐次が門を潜ろうとすると、橋板を抱えた男たちが戻ってきた。

「助かった、礼を申す」

「礼もなにもねえよ。酔いどれ様も橋の上から降ってきた怪我人を拾ってよ、えらい災難だったな」

「まあ、かようなときは相身互いじゃ」

「怪我人は斎藤先生に届けたぜ。あとはあいつの運次第だ」

新川の船頭衆の頭分、六蔵父つぁんは言い残すと仕事に戻っていった。

小籐次が診療所の土間に足を踏み入れると、順番を待っていた患者が、診療室の奥に運ばれた怪我人の様子を立ち上がって覗《のぞ》き込んでいた。

小籐次は土間の端から廊下に出ると、診療室に向った。すると、四脚付きの診療台に濡《ぬ》れた縞模様の袷《あわせ》の前をはだけた男が横たわり、慈姑《くわい》頭の斎藤棟秀と思える医師が胸に耳を寄せて鼓動を確かめていた。

その目と小籐次の目が合った。

「おまえ様の関《かか》わりの者か」

「永代橋下で拾うたゆえ、その程度の関わりはござる」

「ふうーん」

と鼻で返事をした斎藤棟秀が、

「うちに連れ込むより寺に運んだほうが手間は省けたな」

と男の胸から片耳を外した。

「身罷《みまか》ったのでござるか」

「腹から上に向って深々と刺し込まれておる。かなりの出血であったろう」

小籐次はそのとき、観右衛門の膝が濡れていたのは男の血のせいであったかと気付かされた。

「刺された後、川に投げ落とされたようでな、われらが拾い上げてすぐにこちらに駆け付けて参ったのじゃが」

「そなた、どこぞで見かけた顔じゃが」

「赤目と申す。この診療所に担ぎ込めと命じたのは、久慈屋の大番頭どのにござる」

「おおっ、酔いどれ小籐次様じゃな」

「いかにも赤目小籐次にござる」

「赤目様、おまえ様の前に男が落ちてきて、すぐにうちに運び込まれた。じゃが、わしが手を施す間もないほどの深手であった。なんとも致し方ない。天命と思うしかないな」

と棟秀が小籐次に言った。

「赤目様、おまえ様は名代の酒飲みじゃそうな。近々、お付き合いを願えぬか」

「斎藤先生も酒飲みにござるか」

「酒のためにかような仕事をしている具合でな」

と棟秀が笑った。すると前歯が一本抜けており、その隣の歯もぐらぐらしているのが分った。

「機会があればいつなりとも」

「久慈屋に迎えをやればよいか」

「使いを頂くほどの身分ではござらぬ。それがしのほうから出向こう」

「なにを言われるか。酔いどれ小籐次は今や江都一の剣客にして、なんでもえらい美形の女子《おなご》がおるというではないか。わしもあやかりたいものよ」

と棟秀が笑った。

「読売を読まれたか、他愛もない話にござる。見てのとおり、面体《めんてい》はもくず蟹もどきじゃ。読売なんぞ面白おかしゅう書いて売るのが商売にござる」

「ふんふん、あっさり否《いな》むところがおかしい。ともあれ、酒の席でな、おまえ様がどのように浮名を流しておるか、問い質《ただ》したい」

と言ったとき、土間のほうで、

「どけどけ、亀島町の多吉親分のおでましだ。御用を邪魔すると、あとで痛い目に遭わすぞ」

と横柄に威張り散らす声が響いた。

「胸糞《むなくそ》悪い、亀島町の多吉じゃと。げじげじの親分がうちに来るとは、それもこれもおまえ様のせいじゃぞ」

と斎藤棟秀がぼやいた。

のそり

という感じで六尺三寸はありそうな大男が診療室に入ってきた。どうやら亀島町の多吉親分らしい。

小籐次は評判の悪い御用聞きにこれまで掛け違って顔を合わせた覚えがなかった。

「先生、どてっ腹を抉《えぐ》られてこちらに運び込まれたというのは、こやつかえ」

診療台に横たえられた男を顎《あご》で指した。

「いかにもさようじゃ。じゃが、手当てをする暇《いとま》もなくあの世に旅立ったわ。親分、すまぬが番屋に移してくれぬか。ここでは病人、怪我人の治療の邪魔になるでな」

「ちぇっ。先生、事情も聞かせてもらえず、お上の御用を務めるわっしらを人足扱いか」

「そういうわけではないがな」

斎藤棟秀ものらりくらりと返事をしていた。

「棟秀先生よ、だれがこやつを運んできたんだ」

「新川の船頭衆だと思ったがな」

「永代橋から投げ落とされた野郎を新川の船頭が拾ったってか」

「いや、そうではない」

「ではなんだ」

「これは取調べかのう」

「なんだと。こっちが下手に出りゃあ、好き勝手言ってくれるじゃねえか。こんな診療所の一つや二つ、十手の力で踏み潰すのはわけねえんだぜ」

多吉が脅しにかかった。

「世間ではげじげじの親分と評判じゃそうだが、たしかに、げじげじ以下の十手持ちじゃな」

診療室の隅で小籐次が呟いた。

「なんだと！」

亀島町の多吉が振り向きざま、手にしていた十手を小籐次に向って叩きつけた。

ひょい
と小籐次は十手を掻《か》い潜ると、手にしていた備中次直《びっちゅうつぐなお》の柄頭《つかがしら》で多吉の鳩尾を突いた。すると、大男の親分が鴨居《かもい》に後頭部をぶつけてくたくたと廊下に転がり、勢い余って狭い庭に落ちた。

子分どもがいきり立ち、

「御用聞きの親分になにをするんでえ！」

と短十手を振りかざして殺到しようとした。

「やめておけ。そなたらが敵《かな》う相手ではないでな」

棟秀が胸の痞《つかえ》がおりたという顔で言った。

「先生、こいつに味方すると、こいつと一緒におまえも番屋に引っ立てるぜ」

「できるかねえ」

棟秀が子分どもを睨んだ。

「や、野郎ども、のたくたするねえ。その爺《じじい》を叩きのめせ」

縁側に這《ほ》う這《ほ》うの体《てい》で這《は》い上がった多吉が喚《わめ》いた。

「亀島町の親分、喧嘩《けんか》は図体じゃないね。相撲取りあがりのおまえさんが吹っ飛んだんだよ」

「うるせえ、油断したんだ。こやつを叩きのめしてくれん」

と立ち上がった多吉を見た棟秀が、

「赤目小籐次様、亀島町の親分はああ言っておいでじゃがな、どうなさるな」

「酔いどれ小籐次だと」

診療室の隅にいる小籐次の正体を知った多吉と子分が、どうしたものかと顔を見合わせた。

「それがしの用事は済んだゆえ、お暇致す」

と小籐次は言い、

「お上風を吹かせて御用を務めても、ろくなことはあるまい。親分も土地の人に慕われてなんぼじゃぞ」

と言い残すと診療室の廊下に出た。

「行かせねえ」

亀島町の多吉がとおせんぼするように大手を広げた。

「亀島町の、やめておきねえ」

土間から声が響いて、難波橋の秀次親分が姿を見せた。

「御鑓拝借《おやりはいしやく》、小金井橋十三人斬《ぎ》りの赤目様は、南北両町奉行様とも知り合いの仲だ。十手の力なんぞ屁とも思っておられないのさ。それより、頭を下げて手助けを願うのが、亀島町のためだと思うがね」

「難波橋、おれの縄張り内になんでのしてきた」

「橋から人が落ちたと知らせがきたんでね。おれっちの縄張りは、あってなきが如し。お互い力を合わせて探索しようじゃねえか」

と言った秀次が、

「赤目様、どうぞお行きなさって」

と小籐次に笑いかけた。

三

小籐次が二ノ橋の袂に戻ってみると、小僧の梅吉が一人立っていた。

「ご苦労でしたな」

「赤目様、親分さんと会われましたか」

「おお、斎藤棟秀先生のところで会うた。あとは餅屋の出番だな」

小籐次は船着場を見下ろした。猪牙舟に観右衛門の姿はない。

「赤目様、ほら、そこの酒問屋さんにいるらしいですよ」

梅吉が下り酒問屋伏見屋の店を差した。梅吉もまだ確かめたわけではないらしい。

「おや、伏見屋と知り合いであったか」

と呟きながら梅吉を従え、伏見屋の店に入った。

その瞬間、店に染みついた酒の香りが小籐次の鼻孔に押し寄せ、思わず、
くんくん
と匂《にお》いを嗅いでいた。

「酔いどれ様のご入来、御礼申し上げます。私ども、江都に酒の功徳を宣伝これ努めて頂いております赤目小籐次様にどれほど感謝申し上げているか、ご存じございますまいな」

と番頭風の男が小籐次に笑いかけた。

「それがし、この新川界隈《かいわい》で名が知られておるのでござるか」

「名が知られているどころではございませんぞ。ほれ、ご覧下さい。店の神棚に

伏見稲荷《いなり》の御札と一緒に、手書きながら酔いどれ小籐次大明神の御札が祀られておりましょうが」

「まさか、そのようなことがあろうか」

「信じておられませぬか。ほれ、とくと神棚をご覧下さい」

今朝、替えたばかりの榊《さかき》の隣にたしかに木札に達筆で、

「酔いどれ小籐次大明神」

の文字が見えた。その傍《かたわ》らには、伏見稲荷の使いのお狐《きつね》様が一対《つい》鎮座していた。

「おどろいた。いつの間にかそれがしは神様に奉《まつ》られておるわ」

と小籐次が茫然《ぼうぜん》としたとき、奥から観右衛門が姿を見せた。血に汚れた着物を伏見屋で着替えさせてもらった様子だった。

「赤目様、こちらの伏見屋さんだけではないそうな。新川の下り酒問屋のほとんどが、酔いどれ様をお祀りしているそうですぞ」

と観右衛門が笑いかけた。

「驚き入った次第かな」

「お狐様と酔いどれ小籐次大明神の取り合わせ、江都で新たな評判になりましょうな」

「くわばらくわばら。観右衛門どの、空蔵さんの読売なんぞが嗅ぎつけたらえらい目に遭う」

と小籐次が首を竦《すく》めた。

「伏見屋さんの女衆《おんなし》が大川の水と血に濡れた私の形を見て、主《あるじ》のものですが着替えられませんかと言って下さり、遠慮のうご親切に与《あずか》りました」

と答えた観右衛門が、

「橋の上から落ちてきた男、どうなりました。まだ棟秀先生の治療が続いておりますか」

と訊いた。

いや、と首を横に振った小籐次が、

「棟秀先生も手の施しようがない深手であったそうな。わしの眼の前で息を引き取った」

えっ、亡くなった、と予想もしなかった結末に驚いた観右衛門が、しばし言葉を失った。

「私の膝の上には未《ま》だあの者の頭の重みが残り、呻《うめ》き声が耳についております。まさか身罷るとは」

と絶句した。

「診療所では土地の亀島町の多吉親分と難波橋の秀次親分が鉢合わせした。これから双方でお調べが始まろう」

と小籐次が説明した。それを聞いた伏見屋の番頭が小声で、

「亀島町の親分が嗅ぎ付けましたか」

と顔をしかめた。

「いささか土地で嫌われた親分と見受けられたが」

「酔いどれ様、あのげじげじの親分、弱いものにはとことん強く、黄金色《こがね》には滅法弱い十手持ちでございましてな。私どももいささか辟易《へきえき》しているのでございますよ」

「観右衛門どの、どうなさるな。出端《でばな》をくじかれたゆえ、須崎村への訪《おとな》いはまたにしますか」

小籐次の問いにしばし観右衛門は思案の体であったが、

「お店に戻れば亀島町の親分が訪ねて参りましょうな。嫌な思いを敢《あ》えてすることもございますまい。伏見屋さんで着替えさせてもらったのです。須崎村まで参り、気分を変えましょうか」

とこれからの行動を決めた。

「ならば」

猪牙舟に戻りかけた小籐次の鼻に新酒の香りが漂ってきた。

「赤目様、お浄めにございます」

伏見屋の番頭がすでに男衆に命じていたのか、一升枡《ます》に酒をなみなみと注《つ》いで運んできた。

「わしはこれから一仕事せねばならぬがのう」

「赤目様が一升や二升の酒でどうなるものでもございますまい。伏見屋の御神酒《おみき》にございます。ぜひとも御祭神の、酔いどれ小籐次大明神様にはお召し上がり頂きたく存じます」

番頭に強く願われて小籐次は観右衛門を見た。

「本日は伏見屋さんに世話になる日にございます。お礼は後日致すことにして、快く頂戴なされませぬか」

「観右衛門どのの許しが出たゆえ、伏見屋様の御神酒頂戴致す」

と応じた小籐次が、男衆の手から両手で一升枡を受け取り、口を枡の角に静かに寄せた。すると、えも言われぬ新酒の香りが漂ってきて、それだけで小籐次は陶然となった。
「これは堪《たま》らぬ」
小声で呟いた小籐次の口が枡の角に触れ、傾けた枡の酒が、
とくとく
と喉《のど》に流れ込み、胃の腑《ふ》に落ちていった。
亀島町の多吉との嫌な思いがあったせいか、一升の酒が瞬く間に胃の腑に収まった。
「甘露にござった」
礼の言葉を洩らす小籐次に伏見屋の番頭や男衆が頭を下げて、
ぽんぽん
と柏手《かしわで》を打った。
「酔いどれ様、お替わりはいかがにございますか」
「御神酒にござる。一杯で十分にござる」
小籐次が男衆の手に空の枡を返した。
「久慈屋の大番頭さん、新川にとってよき日にございましたぞ。赤目様を勝手に酔いどれ小籐次大明神と奉っているところに、ご本人のご入来にございますから

な、これで魂が宿ったも同然です。ありがとうございます」

「いやいや、助かりました。これで予定した御用が続けられます」

観右衛門が返礼の言葉を述べ、梅吉を従えて伏見屋を出た。

小籐次は伏見屋の番頭に耳打ちし、観右衛門の後を追って表に出た。

「おおっ、たしかに本物の酔いどれ小籐次様じゃ。間違いない」

「市村座で岩井半四郎丈《じょう》と共演されたところを見たが、ふだんの酔いどれ様もなかなかのものだな」

二ノ橋界隈に大勢の下り酒問屋の番頭や手代や船頭衆が姿を見せ、小籐次を見物した。

「いいかえ、酔いどれ様。酒が飲みたくなったら新川に舟を入れてくんな。この界隈の酒問屋のどこでもいいや、飛び込めばよ、酔いどれ様の好きなだけ酒が飲めるからよ」

と酒樽を荷船で運ぶ船頭が言った。

「いやはや、驚き桃の木山椒《さんしょ》の木じゃ。もくず蟹の赤目小籐次を奉るところが江戸にあったとは、言葉もない」

とぼそぼそ呟きながら河岸道から船着場に下りて、舫い綱を急いで解き、

「観右衛門どの、梅吉さん、早々に乗り込んで下され。赤目小籐次、なにやら五尺の身の置きどころがござらぬ」

とさらにぼやいた。そして、観右衛門と梅吉が座に着いたのを確かめて棹で船着場の杭《くい》を突き、ゆったりと新川の流れにのせた。

「赤目様、よい年をな」

「来春のご光臨をお待ちしておりますぞ」

大勢の下り酒問屋の奉公人に見送られて三ノ橋を目指した。

ふうっ
と大きな息を小籐次が吐いたのは、大川河口に出て、猪牙舟の舳先を上流へと向けたときだった。

「えらい師走にございましたな。深川の惣名主三河蔦屋の大旦那の成田詣でが赤目様の今年最後の大仕事と思うておりましたが、この分ではまだ一つ二つ、騒ぎがありそうですな」

「暮れも押し詰まった今、願い下げにしたいものでござる。橋から人が降って、須崎村詣でがたっぷり一刻《いっとき》（二時間）は遅うなった」

と答える小籐次に観右衛門が苦笑いして、

「梅吉、店には立ち寄りましたか」

と尋ねた。

「大番頭さん、親分さんのところに駆け込んで一緒にこちらに戻ってきたんです。店先から浩介さんが見ておられましたが、事情を話す間はありませんでした」

「番頭さんに見られたのじゃな」

「はい」

「なら私どもが騒ぎに巻き込まれたと察したことでしょう。それに秀次親分もおられること、無益な心配は店でもしますまい」

と安心した観右衛門が、騒ぎのあった永代橋を見上げた。最前よりも人の往来が増えていて、

「赤目様、なにが降ってこようと目を瞑《つむ》って須崎村に急ぎますぞ」

と宣言した。

小籐次の漕ぐ猪牙舟が須崎村の望外川荘の船着場に着いたとき、緑と水の豊かな須崎村の空には幾筋も煙が立ち昇っていた。慌ただしい町中と違い、須崎村界隈は、年の瀬も押し詰まったとはいえどことなく長閑《のどか》だった。

「ここまでくると別天地にございますな。浮世のあれこれを忘れて心が洗われます」

観右衛門もほっとした表情を見せた。

「いかにも、最前の騒ぎとは違うた世界かな」

小籐次も呟き、

「小僧さん、鏡餅は濡れておらぬかな」

と気にした。

「赤目様、大丈夫ですよ。水なんぞ一滴も垂らしていませんよ」

と言いながら梅吉が大きな風呂敷包みを担ぎ、舟から橋板一枚の船着場に上がり、辺りを見回した。

「ほうほう、ここが北村おりょう様のお住まいか」

梅吉が大人の口調で呟いたとき、望外川荘の裏口、枝折戸《しおりど》のところに二人の女《にょ》性《しょう》が立ってこちらを見る目と合った。

主と思える女は手に枝切り鋏を持ち、奉公の小女《こおんな》は両腕に南天と水仙と枯れ芙《ふ》蓉《よう》を抱えていた。屋敷に生えた冬の花実を摘んでいたのか。

「あっ」

と驚きの声のあと、言葉を失った梅吉に、

「どうした」

と小籐次が尋ね、おりょうと目を合わせた。

「おりょう様、年の瀬の挨拶に久慈屋の大番頭どのと参りました。迷惑ではござらぬか」

と小籐次がおそるおそる言いかけると、

「赤目様、この屋敷は赤目様の持ち物にございます。なんの遠慮が要りましょうや。それより赤目様にいささか小言があり、手薬煉《てぐすね》引いて待っておりました」

「小言とな。やはり許しを得ずに書きおった読売の一件かのう」

小籐次が小声で案じた。

「いかにも読売の一件にございます」

「やはり迷惑であったか」

「ようやく落ち着きましたが、この須崎村に大勢の野次馬が押しかけ、門弟にしてくれ、弟子になりたいとえらい騒ぎにございましたよ」

「やはりのう。真《まこと》にもって相すまぬことにござった」

と小籐次は腰を折って詫《わ》びた。

おりょうが観右衛門を見て、悪戯《いたずら》っぽい笑みを送った。

「ほら蔵の筆恐るべしですか」

「りょうは江戸の歌壇をすべて敵に回したかもしれませぬ。もっとも、本気で門弟になろうという人間は百に一人もおりませんでした」

と笑った。

「おりょう様、芽柳旗揚げ、一気に江戸に知れ渡りましたか」

「はい、この界隈が一日にして変わったようでございます。中には、酔いどれ小籐次はどこにおる、と赤目様が剣術の道場でも起こしたと勘違いをして見物にこられた野次馬もおられました」

おりょうの笑いは絶えなかった。

観右衛門はおりょうの機嫌が決して悪くないと見てとったが、小籐次は頭を下げたままだ。

おりょうがその小籐次に歩み寄り、

「どうなされました、わが君」

と呼びかけ、手を取って起こした。

「おりょう様、面目次第もござらぬ。空蔵さんの配慮が足りなかったか、読み手が勘違いをして早とちりしたか、いずれにしても迷惑をかけ申した」

小籐次が再び頭を下げようとするのを見たおりょうが、小籐次の腕に腕を絡めた。それを見た観右衛門が微笑《ほほえ》み、梅吉が、

「酔いどれ様のご面相は美形にもてるのかな」

と首を捻《ひね》った。

腕をとられた小籐次は望外川荘への竹林の道を辿《たど》りながら、おりょうに尋ねられた。

「本日は駿太郎様をお連れなされませんでしたか」

「久慈屋の台所で急にお訪ねすることが決まり申した。昼過ぎにはこちらに参る予定が思わぬ騒ぎに巻き込まれ、一刻ほど途中で手間を食ったゆえ、かような刻限になり申した」

「道中、なにかございましたか」

「永代橋の上から人が降ってきました」

小籐次は、林の小道から広大な庭に入り、屋敷に向う間に掻《か》い摘《つま》んで騒ぎを話した。

「師走とは申せ、永代橋から人が降ってくるとは尋常ではございますまい」

「おりょう様、この話、なんぞ大騒ぎの予感が致しますな」

後ろから従う観右衛門が話に加わった。

「赤目様の行かれるところ、騒ぎが降りかかるのは日常茶飯事。りょうは退屈をせずに済みます」

と笑みの顔を後ろに向けた。

「本日はおりょう様の新春歌会の模様などお訊きしたく、かように押しかけました。今年は早々と餅を搗《つ》きましたでな、鏡餅を持参致しました」

「観右衛門様、ちょうどよい折にございました。正月七日に日取りを決めましたが、読売の力もございまして、江戸の歌壇の重鎮も参加したいと次々に申し込みがありました。断わりきれずにだんだんと人数が増え、なんと五十人ほどの歌人宗匠が望外川荘に集まることになりました」

「それはなによりの船出にございますぞ」

三人は離れ屋の脇から母屋の前の庭に出た。

「五十人の歌会にございますか。なかなか盛大なものにございましょうな」

「まあ、芽柳の出立《しゅったつ》の様子を窺《うかが》いにこられる宗匠方が大半にございましょう。歌会は父の舜藍《しゅんらん》も手助けしてくれるとのことにございます」

「それはなにより」

と話しながら母屋の縁側に辿り着いた。

「あい、花は縁側に置き、おしげに久慈屋の大番頭様と赤目様がお見えゆえ酒《ささ》の仕度をと願うて下され」

と命じた。

「おりょう様、忙《せわ》しない師走に押しかけたは酒を飲むためにあらず。歌会の下働きがなんぞできぬものかと思うてのことゆえ、酒は遠慮申そう」

「赤目様、忙しい浮世を忘れるのが望外川荘の醍醐味《だいごみ》にございます。酒など酌み交わしながら、ゆっくりと師走の一刻を過ごしませぬか」

とおりょうが願い、

「それでよいのかのう」

「かような時でもなければ、りょうは赤目様と話もできませぬ」

「爺侍と話をしたところで面白くもなかろうに」

小籐次の返答にふっふっふとおりょうが笑った。

晩冬の陽射《ひざ》しが長閑に散る縁側に小籐次と観右衛門が落ち着き、あいに連れられた梅吉が、背に負うた鏡餅を台所に届けるために姿を消した。

寒雀が縁側の前に集まって餌《えさ》を啄《ついば》む光景が、小籐次と観右衛門の心に蟠《わだかま》る騒ぎを忘れさせてくれた。

四

望外川荘に夕闇《ゆうやみ》が訪れ、冷たい風が吹き始めた。だが、この夕べの御寮には灯りが煌々《こうこう》と点され、にぎやかな笑い声が絶えず、女主に親しい客が訪れていることを想起させた。

しかし通りがかりの者が望外川荘の賑わいを耳にすることはなかった。数多くの庭木庭石が配された敷地は広く、まして夕べともなると須崎村を通る者は滅多にいなかったからだ。

むろん客は小籐次と久慈屋の大番頭の観右衛門、小僧の梅吉で、梅吉は台所で膳《ぜん》をもらい、おしげとあいと一緒に夕餉を食して大満足だった。

母屋の居間では新春歌会についてあれこれと話し合いながら、おしげが打った蕎麦《そば》で一献酌み交わしていた。

「病弱な本家の伯父《おじ》に代わり、幕府の御歌学方《おかがくかた》を務める父は、巷《ちまた》で一派をなす一部の宗匠の派手な付き合いなどに眉をひそめております。こたびのことも、芽柳のおひろめに歌会を催すのは致し方ない。だが、その後、接待など要るまいと言われます。されど江戸で一派をなされた宗匠方をお招きして、なんの愛想もないのもどうかと思います。この件、いかがにございますか」

おりょうが二人に尋ねた。

「北村舜藍様のお気持ち、清々《すがすが》しゅうて心が洗われ、気持ちようございます。されどおりょう様のお気持ちも分らぬわけではございません。折角五十人からの歌人宗匠をこの望外川荘に集めて、なんの持て成しもしなかったでは、なんだ、北村おりょうは、新春の歌会を茶だけで帰したか、世間の礼儀も知らぬ女と、必ず尾ひれをつけて言う方がおられましょう。商人《あきんど》の考えかもしれませぬが、得策ではございません。せめて酒肴《しゅこう》など供して、雑談なされるのも新春の歌会の楽しみではございませんぬか」

観右衛門が言い、小籐次を見た。

「どう思われますな、赤目様」

「北村様の見識、観右衛門どのの考え、どちらにも一理ございますな」

「いえ、赤目様はどう思われます」

観右衛門がふだんに似合わず、小籐次の曖昧《あいまい》な答えを追及した。

「それがし、酒に目のない酔いどれ爺にござる。よそ様でのご接待となると目尻《めじり》が下がる口にござるが、清雅な歌会のあと、派手に飲み食いするのもどうかと存ずる」

「赤目様、りょうはどこぞの料理茶屋に願うて膳を取り、供しようとは思いませぬ。ですが、歌会のあとに一盞《いっさん》を傾けるのも参会者の楽しみかと存じます。まして七日は松の内にございます」

「おりょう様らしい持て成しとな」

観右衛門がおりょうの言葉に考え込んだ。

小籐次もおりょうの気持ちを察して沈思した。その視線が供された蕎麦の器にいった。おしげが昼間打ったという蕎麦に、里芋、人参、油揚げ、鶏肉を具にした熱々の蕎麦だった。汁まで啜《すす》った器が目に入ったのだ。

「おりょう様、新春歌会の催される七日は、どちらでも七草粥《ななくさがゆ》を口にする日にございますな」

「粥を振る舞えと申されますか」

「粥ではいささか酒が飲み辛《づら》うございましょう。そこでな、これじゃ」

と小籐次が蕎麦の空の丼《どんぶり》を差した。

「おしげに蕎麦を打たせよと」

「いえ、そうではございません。五十人からともなると、素人《しろうと》の蕎麦打ちでは太《た》刀《ち》打ちできますまい。それにおしげさんには他にやることもござろう」

「いかにもさようです」

「先日、こちらで太郎吉どのが竹藪《たけやぶ》蕎麦の美造親方直伝《じきでん》の腕を披露致しましたな」

「はい、さすがに素人の打つ蕎麦とはだいぶ風味が違いました」

「太郎吉どのの本業は曲物《わげもの》造りにございます。つまり蕎麦打ちは素人芸です。それでもああ味が違う。蕎麦は腕が試される食べ物にございます。そこで、歌会に竹藪蕎麦の親方を招き、全員に打ちたての蕎麦に春の七草のてんぷらを供するのです。これならば山海の珍味というわけではなし、なんとのう山家ふうで野趣にも富んでおりませぬか。いかな、北村舜藍様も蕎麦では顔を顰《しか》められることもございますまい」

「打ちたての蕎麦に揚げたての七草のてんぷらですと。これはいい」

観右衛門が膝を叩いて賛同し、おりょうを見た。

「ほんに赤目様は賢いお方にございます。蕎麦と七草のてんぷらなら心が籠《こも》った
お持て成し。ことに蕎麦好きの父上は喜ばれましょう」
と笑みの顔で応じたおりょうが、
「ですが、ご商売の蕎麦屋の親方をうちに招いて店は大丈夫でしょうか。迷惑が
かかりませぬか」
とそのことを案じた。
「竹藪蕎麦には、女房のおはるさんもおれば、太郎吉どのの朋輩《ほうばい》で倅《せがれ》の縞太郎と
おきょうの若夫婦もおりますので、なんの心配も要りますまい。されど」
「されど、なんでございましょうか」
「おりょう様、この話を持ち込めば、竹藪蕎麦は格別に暖簾《のれん》を下ろして休業し、
望外川荘に一家全員で押しかけてきましょうな」
と小籐次が推測した。
「親方一家が手伝うてくださいますか」
「なんの心配も要りませぬ。また春の七草の品ぞろえはうづどのに願えばよい。
となると、太郎吉どのが必ずや手伝いに上がります。これで五、六十人の蕎麦を
拵《こしら》え、てんぷらを揚げることなどなんなくできます」

「新春らしく、質素にして持て成しの心が籠ったご接待。まるで禅寺の膳のようで実によい考えです」

と観右衛門が念を押すように言い切った。

「赤目様、明日にもりょうが竹藪蕎麦にお願いに参ります。お口添え願えますか」

「おりょう様、そのようなことはそれがしにお任せあれ。あとは酒か」

と小籐次が思案する体を見せると、

ふっふっふ

と観右衛門が笑った。

「どうなされた、観右衛門どの」

「これこそ天の配剤でございますよ。私ども、本日どちらに立ち寄ってこちらに参りましたな」

「おっ、新川であったな」

「いかにもさよう」

「下り酒問屋が集まる新川の伏見屋さんに、いかい世話になりました」

「私は血に汚れた着物を、伏見屋の主の召し物に着替えさせてもらいました。明日にも礼に行こうと考えておったところです。私が四斗樽を願うておきます」

「望外川荘に四斗樽を据えますか」

とおりょうが目を丸くした。

「無粋《ぶすい》ですかな」

男二人の会話におりょうがにこにこと笑い、

「私、四斗樽を据えて酒を楽しむ景色を存じませぬ。父上も驚いて存外気に入ってくださるような気がします」

「四斗樽一つもあればようございますな」

「四斗は四十升。歌人は年寄りが多うございます、飲みきれますか」

「おりょう様、お忘れではございませんかな、目の前のお方を」

「ほんに酔いどれ小籐次様がおられました」

「新川筋の新しい守り神をご存じですか、おりょう様」

観右衛門が話柄を変えた。

「新川筋の守り神にございますか」

「はい。伏見屋の神棚には、酒仙にして剣客、満天下にその名が知られた酔いどれ小籐次大明神が奉ってございましてな。赤目小籐次様は生きながらにして新川界隈の祭神にございますよ」

観右衛門の言葉におりょうが両目を大きく見開いて驚いた。

「いやはや、わしも驚いた」

「お武家様方は、なぜかようなお方を放っておいでであったのでしょうね」

「家格、家柄によってあらかじめ職階が決まるのがお武家の仕来《しきた》りにございます。されど巷は見掛けや風采《ふうさい》で判断しませぬ。心持ちや人柄を重んじます。そこで御鑓拝借騒ぎのあと、赤目小籐次様の才をすぐに見抜かれた」

「いかにもさようでした。神様となると、これからは赤目小籐次様とは徒《あだ》やおろそかにお付き合いはなりませんね」

とおりょうが笑ったとき、あいが姿を見せて、

「赤目様、難波橋の秀次親分というお方がお見えです」

と知らせてきた。

「おや、痺《しび》れをきらしてお迎えが来た。赤目様、そろそろお暇の刻限にございますかな」

「おお、おりょう様につい甘えて長居をしてしまった。何刻かのう」

「六つ半（午後七時）時分かと思います」

とあいが応じて、小籐次と観右衛門は慌てて帰り仕度を始めた。

「赤目様、親分さんに粗茶の一杯も差し上げずとも宜《よろ》しゅうございますか」

とおりょうが気にした。

「親分は御用の筋で参られたのです。またの機会に致しましょうか」

小籐次が応じて、あいに案内されるように三人は台所に行った。すると、上がり框で秀次と手先の信吉がおしげの淹れた茶を喫していた。板の間の火鉢の前では小僧の梅吉がうつらうつらと居眠りをしていた。

「これ、梅吉、戻りますぞ。よそ様のお屋敷に伺い、居眠りする者がおりますか」

「はっ、はい。こちらはどちらにございますか」

梅吉は大番頭の声に目を覚ましたはいいが、望外川荘を訪ねたことも忘れたらしくとぼけたことを尋ねて、あいにくすくすと笑われた。

「あっ、あいさんがいるぞ。そうか、おりょう様のお屋敷だ」

梅吉の答えを聞いた難波橋の番頭格の信吉が笑った。

「あれ、難波橋の親分もいるぞ。どうなっているんだ」

あたりをきょろきょろ見回し、なんとか得心したらしい。

「おしげさん、あいさん、ご馳走になりました」

梅吉が礼を述べて立ち上がった。

「親分さん、お二人をお引き止めしましたゆえ、御用に差しさわりが出たのではございませぬか」

おりょうが気にした。

「おりょう様、いえね、亀島町の親分がいつまでも久慈屋の店頭に居座っていやがるんで」

と苦笑いした秀次が、

「赤目様が伏見屋の番頭に行き先を洩らしていかれたのでね、へえ、迎え旁《かたがた》、こちらまで押しかけたってわけです」

と言った。

「いや、つい長居をしてしもうた。竹藪蕎麦の件は、明日にも親方に願うておきますゆえ、ご案じあるな」

「ほんに赤目小籐次様は、りょうにとっても酔いどれ小籐次大明神にございます」

という言葉に送られて五人の男たちは望外川荘の台所を出ると、裏庭から表庭へと回り込み、船着場に向った。

「親分、亀島町の親分はまだお店に陣取っていますか」

「あいつ、大男のくせにえらくねちっこい男にございましてね。赤目様に一撃見舞われて、それを根に持っている様子なんですよ」

と秀次が笑った。

望外川荘の船着場に、秀次親分と信吉が乗ってきた猪牙舟が舫われていた。木挽橋《びきばし》際の船宿川甚の持ち船だ。船頭の顔にも見覚えがあった。

「船中、話しながら参りますかな、親分」

小籐次が秀次に声をかけると、

「酔いどれ様、わっしが船頭の真似事《まねごと》を務めますから、大番頭さんと赤目様は親分と話しながら川を下って下さいな」

と信吉は言い、二人が乗ってきた川甚の船頭に、

「平さん、すまねえが空舟で戻ってくんな」

「戻りはおれ一人かえ。信吉さんよ、船賃は一緒だぜ」

と冗談で答えた船頭に、

「船頭さん」

と呼びかけた観右衛門が、

「梅吉、おまえがこちらの舟に乗っていきなされ」

と命じた。御用の話を小僧に聞かせたくないと観右衛門が配慮したのだ。

「猪牙においら一人だって。贅沢《ぜいたく》のような、寂しいような」

とぼやきながら、梅吉が船頭にぺこりと頭を下げて川甚の猪牙舟に乗り移った。

「おれも長いこと船頭をやってるがよ、小僧さん一人が客なんて初めてのことだよ」

と苦笑いした。

猪牙舟が二艘連なって須崎村の湧水池から堀を伝い、隅田川に出た。

水面は暗く沈んでいた。その上を筑波颪が吹き抜けていく。

観右衛門と小籐次は酒を飲んでいるので、火照《ほて》りを覚ますにはちょうどいい風だった。

信吉の漕ぐ猪牙舟が先行し、梅吉を乗せた川甚の舟があとからきた。背から風を受けているので、話を聞かれる心配はない。

「親分、殺された男の身元が割れましたか」

「それが持ち物は一切のうて、どこのだれだか分らないんでございますよ」

観右衛門の問いに秀次が困惑の体で答えた。猪牙舟には提灯《ちょうちん》が点してあるので、互いの顔の表情は読み取れた。

「橋の上から野郎が降ってきたんでしたね」

「梅吉の叫び声に私が見上げると、縞模様の裾をひらひらさせて流れに落下して、水飛沫を上げたんですよ」

秀次が小籐次を見た。

「親分、観右衛門どのと話をしておってな、橋上のことは何一つ目にしておらぬのじゃ」

「そこで赤目様が、落ちた男のところへ真っ先に漕ぎ付けたってわけですね」

「橋上は大勢の人やら大八車で賑おうていたが、あのとき、水上は船の往来も少なくて、われらが一番近くにいた。漕ぎ寄せたとき、泳ぎができぬのか、えらく慌てておるなと思うたが、舟に引き上げて事情が分った」

「まさか鳩尾の下を一突きされているなんて考えもしませんでしたよ」

小籐次と観右衛門が次々に見聞したことを告げた。

「そのとき、あやつの意識はしっかりとしていたんでございますね」

「いかにも気はしっかりとしておった」

小籐次は、男が真っ先に手に握らせた神社の御札のようなものを懐から出して秀次親分に見せた。渡されたとき、濡れていた御札は小籐次の懐にある間に乾いていた。

「わしの手にこいつを必死で握らせたのだ。だが、なにか言い添えたわけではない」

秀次が身をずらし、提灯の灯りが御札にあたるようにした。

「花御札か。このような御符は見たこともねえ」

と言いながら裏に返すと、

「大黒町」

とあった。

「江戸八百八町に大黒町なんて地名があったかねえ」

と秀次が小首を傾《かし》げ、

「こいつ自体が金目のものとも思えない。だが、棟秀先生の診療所で死んだ野郎が命をかけて守り通したことだけは確からしい」

「親分、その大黒町ですがな、江戸の地名ではないのではございませぬか」

「じゃあどこでございますな、大番頭さん」

「長崎のことはよく存じませんが、長崎ではないかと」

「どうしてまたそう思い付かれたので」

「いえね、私が赤目様に新川の斎藤棟秀先生のもとに急いでと願い、赤目様が櫓に飛びつかれた。そのとき、あの男が私の首ったまを掴まえて、お、大旦那に知らせてくれんね、と言ったんですよ」

「それで」

観右衛門が男の口元に耳を寄せ、

「大旦那とはどちらの大旦那ですね」

と問い返すと、

「な、長崎の油屋町のお、大旦那たい」

と弱々しい声で囁《ささや》き、荒い息に変わった。

「私が耳に留めたのは、たったそれだけにございますよ」

と観右衛門が秀次に言った。

「肥前《ひぜん》長崎となると到来物の抜け荷か、その割符《わりふ》のようなものかねえ」

散って、だれ一人見た者はいないんでさあ」

と秀次が呟いた。

「親分、橋の上であの者を刺した下手人を見たものはおらぬのか」

「それですよ、赤目様方に助けられたてんで、騒ぎを目撃した通行人も西と東に散って、だれ一人見た者はいないんでさあ」

「それは困ったな」

と呟いた小籐次が、

「いや、水上から見た者がおるやもしれぬ」

「だれですね」

「小僧さんにござるよ」

「梅吉が、でございますか」

「観右衛門どの、人が落ちたと叫んだのは梅吉さんですぞ」

「そうでした。たしかに」

秀次が後ろから従う舟を呼び、二艘の猪牙舟の船べりをくっつけさせた。

「梅吉、そなた、永代橋の上から人が落ちるのを見なさったな」

「大番頭さん、見ましたよ。だから驚いて叫んだんですよ」

「小僧さん、あの男、欄干を自ら跨《また》いだか、それとも投げ落とされたか」

「親分、数人の男たちに囲まれて揉《も》み合った後、欄干に必死に逃げようとして落とされたんです」

「たしかですか、梅吉。これは御用の筋ですよ」

「大番頭さん、おいらは目だけはいいんですよ。半町先や一町先のことも見逃しませんよ」

「小僧さん、数人の男と言ったが、町人か」

「親分さん、着流しの男たちだよ。でも揉み合う背後に、黒羽織のお武家さんがいたよ」

「梅吉、通りがかりのお武家さんではありませんか」

「大番頭さん、違いますよ。あいつを突き落とした後、着流しの男たちと一緒に人込みに紛れたもの。着流しの男たちと黒羽織のお武家は仲間ですよ」

と梅吉が言い切った。

舳先を並べた二艘の猪牙舟は両国橋の下をゆっくりと下って行った。

第二章　長崎の針職人

一

　翌朝、小籐次はいささか眠い目をこすりながら新兵衛長屋で起き上がり、生《なま》欠伸《あくび》をこらえながら井戸端に行くと、塩で口の中をこすり、黒文字《くろもじ》を使いながら歯の間を清めた。すると、厠《かわや》から寝間着代わりの古浴衣をだらしなくはだけた勝五郎が、
　ふぁーあ
　と大欠伸をしながら姿を見せて、
「酔いどれの旦那、昨夜《ゆうべ》も遅かったな」
　と言った。

版木職人だが、どことなく暇そうだった。

「騒ぎに巻き込まれてな、秀次親分と付き合うておった」

「なにっ、騒ぎだと。難波橋の親分と一緒だと」

俄然《がぜん》、勝五郎が張り切り、版木屋の番頭の伊豆助か読売の版元ほら蔵こと空蔵にご注進の構えで目を輝かせた。

「しまった。ついうっかりと喋《しゃべ》ってしもうた」

「酔いどれ様、おれとおまえ様の間柄じゃないか。隠し事はねえぜ。暮れにきて仕事が途絶えているんだよ。もうひと稼ぎしないと正月を迎えられないよ。頼むよ、景気のいい花火を読売でどーんと打ち上げてくんな」

と勝五郎が願った。

小籐次はしばし考えて、

「永代橋から人が降った話じゃ」

と当たり障りのないところを喋った。

「なに、人で込み合う永代橋上で、腹だか胸だかを深々と抉られて大川に投げ込まれたって。そんで酔いどれの旦那と久慈屋の大番頭さんがそいつを助けたんだな」

「助け上げて新川の斎藤棟秀先生の診療所に運び込んだが、身罷った」

「身罷ったって、おっ死《ち》んだということだな。そいつ、酔いどれ様方になんぞ言い残さなかったか」

「この先は御用の筋に関わることだ、難波橋の親分に空蔵さんがあたることだな。そなたの仕事は版木を彫ることだ」

「違いねえ。よし、朝飯前にひとっ走りしてよ、ほら蔵のところにご注進だ」

勝五郎が急いで長屋に戻った。

小籐次は、空蔵に襲来されても仕事ができぬなと考えながら、

「やはり今朝は深川の蛤町《はまぐりちょう》裏河岸に研ぎ仕事に出かけよう」

と思った。となると、まず駿太郎を預けっぱなしの新兵衛の家に出向き、駿太郎を連れてこなければなるまいと考えていると、

「爺じい、おはよう」

と新玉《あらたま》の年が明ければ三歳になる駿太郎が、新兵衛の孫のお夕に手を引かれて井戸端に姿を見せた。

「お夕ちゃん、相すまぬな。駿太郎を預けっぱなしで、お麻さんにも親父どのにも迷惑をかけておる」

「いいの、そんなこと気にしなくて。爺ちゃんの世話だけだと、むしゃくしゃするときがあるわ。駿ちゃんがいると気が紛れるの」

お夕は、ぼけが急激に進行した新兵衛の世話を務めていた。

「いちがつや、一夜あければ、かどまつ礼者にとりおいまんざい、どうちゅうすごろく、おたからおたから……」

突然、新兵衛長屋の木戸口に、新兵衛の喚き散らすような歌声が響いた。

「爺ちゃん、やめて」

お夕の泣きそうな声が井戸端で応じた。

「お夕ちゃん、これから深川に仕事に参る。駿太郎を連れていこうと思うが、そなたも一緒せぬか」

お夕の顔がぱあっ、と明るくなり、

「爺ちゃんのこと、どうしよう」

とお夕が木戸口の新兵衛を見た。

「姉ちゃん、うづ姉ちゃんところにいこう」

駿太郎がお夕の手を握って振った。勝五郎の女房おきみが事情を察したか、

「お夕ちゃん、新兵衛さんの面倒なら長屋でなんとかみるよ。酔いどれ様と深川

に行ってさ、気分を変えておいでな」

と言った。日頃のお夕の世話ぶりをおきみらはとくと承知だった。

「酔いどれ様、うちの保吉なんぞは寺子屋通いをいいことに遊び呆《ほう》けてばかりだよ。そこへいくとお夕ちゃんはえらいや。新兵衛さんの面倒ばかりか、どこぞの子まで世話してるんだからね」

「どこぞの子とは駿太郎のことだな。それは重々承知だが、あれこれと身に降りかかってな」

「うちのがほら蔵のところに飛び出していったよ。暮れにきて仕事になるといいがね」

と小籐次をおきみが見た。

木戸口にお麻が姿を見せて、

「お父つぁん、まだ朝が早いの。お正月の歌は家の中でね」

と新兵衛を家の玄関に入れた。

「お麻さんさ、酔いどれ様がこれから深川に稼ぎに行くというがさ、駿ちゃんと一緒にお夕ちゃんを連れていってもいいだろ。新兵衛さんの面倒はなんとか私たちでみるからさ」

新兵衛長屋じゅうに響き渡る声でおきみが掛け合った。

「お夕、赤目様の仕事の邪魔にならないかしら」

お麻がそのことを気にした。

「お麻さん、お夕ちゃんが迷惑なんぞになるものか。却《かえ》って駿太郎の面倒までかけておる。この暮れになんとかひと稼ぎして、お夕ちゃんに新年のお年玉をと考えておるところじゃがな」

「赤目様、そのようなことはどうでもようございます。お夕が外に出たい気持ちも分ります。お願いできますか」

お麻が承知して、お夕、駿太郎の深川同行が決まった。

四半刻《しはんとき》（三十分）後、研ぎ場に改装された小舟にお夕と駿太郎を乗せ、永代橋を左に見て、小舟の舳先を越中島《えっちゅうじま》と深川相川町《あいかわちょう》の間に口を開けた堀に突っ込ませた。

朝も早いせいか、堀の水面から白い靄《もや》が湧きあがっていた。

駿太郎が小舟から半身を乗り出して靄を摑まえようとする背中を、お夕がしっかりと押さえていた。

「まず寒の峠は越えたな。お夕ちゃん、皹《あかぎれ》など切らしておらぬか」

「おっ母さんと違って水仕事はそんなにしないから大丈夫。でも、爺ちゃんの足裏はかさかさしてるわ」

「齢を重ねるとな、体のあちらこちらから水気が抜ける。これぱかりは致し方ないことじゃ」

「酔いどれ様はお酒のせいか、顔色が艶々《つやつや》していると、うちのおっ母さんがいつも感心しているわ」

「なに、このもくず蟹が艶々しておるのは酒のせいか。ふーむ、言われればそうかもしれぬ」

小籐次が納得して、小舟を馴染みの深川蛤町の裏河岸の船着場に入れた。すると、橋板にすでに野菜舟が横付けされていた。

「うづさん」

「うづ姉ちゃん」

お夕と駿太郎が叫ぶと、赤い紐《ひも》で襷《たすき》をかけ菅笠《すげがさ》をかぶったうづが野菜舟に立ち上がり、

「あら、二人して赤目様の手伝いなの」

と叫び返した。

「違うんです、うづさん。爺ちゃんの世話にうんざりした私の顔を見て、赤目様が深川に誘ってくれたんです」

「それはふだんからお夕ちゃんが新兵衛さんの面倒を見ていることを知っているからよ」

事情を察したうづが叫び返し、小籐次は橋板を挟んで反対側に研ぎ舟を着けた。

お夕と駿太郎が橋板に這い上がった。

「うづどの、どうじゃな。春野菜が採れる時期になったか」

「お父つぁんが必死で正月用の野菜を育てて、少しでも値よく売ってこいと、私の尻を叩いているわ」

「うづどの、頼みがある」

「なにかしら」

小籐次は正月七日に望外川荘で催される新春歌会の接待について語った。

「竹藪蕎麦の親方が腕を振るうのね」

「未だ親方には相談しておらぬ。いささか朝が早いでな」

「私は喜んでお手伝いするわ。太郎吉さんも張り切りそうね」

と笑った。

「うづどの親父様に、新春の七草やら、てんぷらによさそうな野菜を集めておいてもらうよう頼んでくれぬか」

と小籐次は用意してきた一両を渡した。

「五十人前とはいえ、野菜に一両は多いわ」

「いや、正月は諸々が高値になる時節ゆえ、これでも足りぬかもしれぬ。そのときは、あとでなんとか致す」

小籐次はうづに一両の前払いをした。

「お父つぁんに吟味して野菜を揃《そろ》えてもらうわ。蕎麦とてんぷらだけでいいのかしら」

「おりょう様は、贅を尽くした料理茶屋の膳より、心の籠った清雅な接待を願うておられるでな」

「美造親方の蕎麦なら文句なしね」

うづと小籐次が話し合うところに橋板に足音が響き、冬の陽射しに逃げ惑う朝靄を蹴散らして当の美造が姿を見せた。

「おれの蕎麦がなんだって」

竹箒《たけぼうき》を手にしているところを見ると、店の前を掃き掃除でもしようと考えていたか。

「親方がうんと返答しなければどうにもならない話よ」

「なんだい、うづさん。持って回った言い方だな」

「北村おりょう様の望外川荘に竹藪蕎麦が出向いて、店開きする話よ」

うづが小籐次に聞いたばかりの話をしてくれた。

「新春歌会のために店の暖簾を下ろせだと」

「だめか、親方」

「酔いどれ様、おれとおまえ様の仲だ。美造、おめえはお断わりだと言われても、押しかけるよ。よし、正月七日の前日から竹藪蕎麦は須崎村に引っ越しだ。迷惑かねえ」

美造が俄然張り切った。

「おはるさんや縞太郎さんに断わらなくてもよいか」

「酔いどれ様よ、竹藪蕎麦の主は痩《や》せても枯れても、この美造だぜ」

「それは重々承知しておるが、一家じゅうを休ませる頼みだ」

「だれに断わられようと、おれだけでも行く。深川蛤町の小さな蕎麦屋に、おりよう様のご用命だ。歌人や宗匠といえば、日頃から美味《うま》いものを口にしている食通だろうが。おれはその連中をうならせる蕎麦を打ってみせるぜ」

「親方、分っていようが、蕎麦は蕎麦の美味さが身上じゃ。だが、添え物に春の七草のてんぷらを考えておるが、それでよいか」

「けっこうけっこう」

と胸を叩いた美造親方を見て、小籐次とうづは胸を撫《な》で下ろした。

「親方の返事をもらうまでいささか緊張した」

「酔いどれ様が緊張だと。それよりさ、年の内に一度望外川荘を訪ねていいかねえ。竈がいくつあって、鍋釜《なべかま》器がどう揃っているか、知っておきたいんだ」

「いつでも、親方の都合のよい折に案内《あない》致す」

「私も正月用の野菜を届けたいわ」

「押し詰まると蕎麦屋は書きいれどきだ。明日の昼過ぎというのは」

小籐次もうづも頷いて下見の日取りが決まった。

「親方、ここに二両の前払い金を用意した。不足分は後日ということでよいか」

美造が小籐次をじいっと見て、

「酔いどれ様は心底、おりょう様を慕っていなさるのだね」

としみじみ呟いた。

「親方、酔いどれ様がおりょう様をお慕いしているだけではないの。おりょう様も赤目小籐次様を信頼なさっているの」

「うづさん、そこがおれには分らねえ。読売によると、北村おりょう様は絶世の美形というではないか。それがよ、言っちゃ悪いが、このご面相だ」

「親方、もくず蟹と言いたいなら言うがいい」

「酔いどれ様、もくず蟹が気を悪くしようぜ」

「なにっ、わしの顔はもくず蟹にも劣るか」

「まあ、ちょぼちょぼだ。それが互いに惚れあっているってんだから、世の中の理屈に合わねえや」

「親方は男なのね」

「ああ、うづさん、おれは死ぬまで男でございますよ。男は顔じゃない、心意気、なんて言うなよ」

と美造が居直ったところに、蛤町裏河岸界隈の女衆がうづの野菜を買い求めにきて、

「なんだい、親方。おまえさんに、だれかが女だなんて言ったのかい」

と一人が尋ねた。

「そうじゃねえ。おれは、酔いどれ様に北村おりょう様が惚れていなさるというところが解せないんだよ」

「なんだ、そんなことかい。親方、酔いどれ様を嫉《ねた》んでいるね」

「嫉んでなんかいるかい。おれは世の中の理屈に合わねえと言っているだけだ」

「親方、明日、お二人が揃われたところを見れば、すぐに得心するわ。赤目様のおりょう様への思慕は、下心がなにもないの。おりょう様はそれを感じておられるから、赤目様を信頼しておられるのよ」

「天下の美形と一緒にいて下心がないとはな」

美造親方が首を捻った。

「この様子だと、親方は下心の塊だね」

と女衆の一人が言い、

「ああ、下心の塊、かたまり」

と仲間たちが笑った。

「ちぇっ、好き放題言うがいいや。ともかくだ、うづさん、おれは明日が楽しみだ」

美造親方は竹箒を手に橋板を渡って河岸道に戻っていった。

「親方に悪いこと言っちゃったかな」

うづが気にすると、女衆が、

「うづさん、男の焼き餅は犬も食わないとかなんとか言うだろ。酔いどれ様をやっかんでいるんだよ」

「そういうことそういうこと。一々《いちいち》気にするこっちゃないよ。それより野菜をおくれな」

女たちがうづの野菜舟に群がった。そして、お夕が、

「私も手伝っていい」

うづの舟に乗ろうとすると、駿太郎も一緒に橋板から野菜舟に飛び乗った。ために野菜舟の喫水はぐいっと上がった。

研ぎ舟に独り残された小籐次が、

「おかみさん方、野菜を購うたあと、研ぎのほうも思い出してくれぬか」

と願うと、女たちの輪の外に立っていたおさとが、

「魚源の永次親方が、酔いどれ様は年内にはもう蛤町裏河岸に顔を出さないのかねえ、とぼやいていましたよ」

と教えてくれた。

「さようか。ならばこれから魚源を回ってこよう」

「赤目様、お昼にここで再会しない。二人は私が預かるわ」

そのようなわけでお夕と駿太郎は蛤町裏河岸に残ることになった。


小籐次が魚源の包丁を一心不乱に研ぎあげて、蛤町裏河岸に戻ってきたのは八つ（午後二時）の刻限だった。昼餉は永次親方が、

「赤目様、うちの賄《まかない》飯を食っていきねえ」

と深川の浅蜊《あさり》飯を馳走してくれた。ともかくひと仕事を終えてうづの待つ野菜舟に戻ると、竹藪蕎麦の一家と太郎吉までが顔を揃えて小籐次を待っていた。

「おや、皆の衆、全員揃うてどうなされた」

「赤目様、明日の下見の一件だがよ、うちの女衆も望外川荘に下見に行きたいと言うんで、全員で掛け合いだよ」

美造親方が困った顔で言った。

「ほうほう、それは賑やかじゃな。七日に働いてもらうことを考えれば、だれもが望外川荘の台所を知っておいたほうがいいな」

「だろう。こっちから運ぶ道具を早めに知ってもおきたいしね」

と応じた美造が、

「というのは建前でね。本音はみんなでおりょう様にお会いしたい一心なんだよ」

「それはよいが、うづどのとわしの小舟では乗り切れまい」

と小籐次が答えると太郎吉が、

「おれの仲間の舟を頼んであるんだ。心配ないよ」

と答えた。

「なんとも早手回しじゃな。となれば、明日は昼過ぎから賑やかに須崎村に繰り出そうか」

と小籐次が答えると、美造の女房のおはると倅の縞太郎のかみさんのおきょうが、
わあっ
と喜びの声を上げた。

「赤目様、そいでよ、うちの親父が造ったこんなものがあるんだが、七日の接待に使ってもらえないかと言ってるんだがな」

幅一尺長さ一尺五、六寸か、竹の簀子《すのこ》が敷かれた平たい箱を太郎吉が見せた。曲物の名人万作の手作りの道具だ。木肌が鮮やかに生かされて見事に細工されていた。

「見事な出来じゃな。これに美造親方の蕎麦を盛るか。さぞ美しかろう」

「どこぞの蕎麦屋に頼まれたんだが、相手先が夜逃げしたんだか潰れたんだか。未だ一度も使っちゃいねえものが十数膳あるんだよ」

小籐次が美造を見た。

「万作親方の手になった道具に蕎麦を盛るなんぞ、生涯に一度のことだ。それも望外川荘が舞台ときた。こいつは張り切らざるをえまい」

「お願い致す」

「酔いどれ様よ、うちの連中もこんなに楽しみにしているんだ。明日、下見に連れていってもいいだろ」

真面目な顔で美造親方に念押しされ、明日の昼下がりの段取りが決まった。

二

師走のことだ。竹藪蕎麦の蕎麦切り刃物の類《たぐい》や、蛤町裏河岸界隈のおかみさん連が持ってきた、どれもがたがきた出刃包丁や菜切り包丁の手入れをしていると、一艘の猪牙舟が小籐次の小舟に漕ぎ寄せられてきた。

うづはお夕と駿太郎を連れて、背に竹籠《たけかご》を負い、その中に入れた正月の里芋や牛蒡《ごぼう》や人参を触れ売りに歩いていた。長年、この界隈で商いをしてきたうづである。得意先が何軒もあってどこも大店や寺だ。その馴染みの得意先を訪ね歩いての商いだ。

小籐次がふと見ると、うづが残した野菜舟はほぼ空っぽだった。その視界の端を舟影が過《よぎ》った。

「赤目様」

と猪牙舟から呼びかけられて、小籐次はその声の主に気付いた。

「おや、三河蔦屋の冬三郎さんであったか。年はとりたくないものじゃな、ぼおっと刃物を研いでおって気付かなかった。大旦那様のお加減はいかがでござるか」

深川の惣名主三河蔦屋の奉公人にして、何艘もの船を管理する主船頭の冬三郎の顔は、切迫しているようには見えなかった。

「成田山新勝寺詣でのご利益があったか、赤目様の最後の荒療治が効いたのか、このところお元気でしてな。おあきさんに訊くと、三度三度の膳もよう箸《はし》をつけられるそうですぞ」

「それはよかった」

「本日は大旦那の命で参りました。年の内に一度赤目様の顔が見たいが、無理であろうか、という言伝《ことづて》でございますよ」

「それがしのほうこそ染左衛門どのには世話になりっぱなし。年の内に一度は顔出ししようと考えておったところにござる」

「そうですか。ならば、これからどうですね」

と冬三郎が誘いをかけた。

「本日は駿太郎ばかりか長屋の娘を伴うてこちらに参っており申す。遅くなると親が心配するでな」

と小籐次が答えるところに、

「爺じい、凧《たこ》をもらったぞ！」

駿太郎の声が蛤町の河岸道に響いて、手にした凧を駿太郎が掲げて見せた。姉さんかぶりのうづは、竹籠を片方の肩に負っていた。触れ売りの野菜はすべて売り尽くしたのだろう。

「駿太郎ちゃんも元気のようだ」

冬三郎が言うところに、河岸道から石段へと下りた駿太郎が橋板をがたがた鳴らして走ってきた。そのあとをお夕が追ってくる。

「駿太郎ちゃん、元気じゃな」

猪牙舟から冬三郎に話しかけられた駿太郎が足をとめて、

「大爺のせんどさんだ」

と言った。大爺とは三河蔦屋の大旦那のことだろう。

「覚えていてくれたか、駿太郎ちゃん」

「いっしょに成田山に行ったぞ」

「いかにもさようですよ」

冬三郎が笑うところにうづが戻ってきて、うづは顔見知りか、冬三郎に姉さんかぶりの頭を下げた。

「うづどの、本日の商いは終わったかな」

と小籐次が尋ねた。

「終わりました。どの家でも気持ちよく買って頂きました」

「親父様が作る野菜の品がよいうえに、うづどのが商い熱心じゃ。皆さんがそのことを承知じゃから、かようなときに快う購って下さるのだ」

と小籐次が答え、駿太郎にどちらのお宅から糏を頂戴した、と訊いた。

「爺じい、ろうにんさんのおかみさんからだぞ」

と駿太郎が答え、

「野菜が半端に余ったので、いつも野菜を買って下さる秋葉様とおっしゃる浪人のご夫婦を訪ねて、野菜をもらって頂いたの。そしたらお内儀《ないぎ》様が駿太郎さんを見て、内職ものですが亭主が字をしくじりました、問屋に納めることはできません、糏はよう上がる筈ですが、と下さったの」

「商売ものか。それは気の毒をした」

「秋葉様は寺子屋も開いておられて、その片手間に季節の熊手《くまで》や糏などを造っておられるんです。問屋にも信用があるお方で、この程度の無理は利くんだそうよ」

この界隈の事情に精通したうづが笑った。すると傍らからお夕が、

「駿ちゃんはどこへ行っても人気者ね。酔いどれ様の子か、と言われて、大工の棟梁《とうりよう》の長屋ではおかみさんが駿ちゃんばかりか、私にまで正月の小遣いを下さっ

たの」

と包みを見せた。

「お夕ちゃんが駿太郎の面倒をようみるで、この界隈の人がくれなさったのであろう。それもこれもうづどのがこの地に馴染んでおるからだ。お夕ちゃん、駿太郎、うづどのに礼を申せ」

と小籐次が命ずると、駿太郎がぺこりと頭を下げ、お夕が、

「うづさん、ありがとう」

と言いながらも小籐次に、

「頂戴していいの」

と訊いた。

「有難く頂戴しなされ。年が明けたらうづどのに案内してもらい、礼に伺うでな」

と小籐次が答え、お夕が自分の分の包みは懐に大事に仕舞い、駿太郎のそれを小籐次に差しだした。

「駿太郎はお年玉より凧がいいようだな。なればお夕ちゃん、わしが預かっておこう」

うづは野菜舟に空籠を載せると帰り仕度を始めた。

「赤目様、日も陰ったが、大旦那の顔だけでも見ていかれませぬか。お子二人を連れておられるで、大旦那も酒を飲め、長居をしろとは申されますまい」

と冬三郎が諦《あきら》めきれない顔で言う。

「挨拶だけですめば、顔出し致そうか」

「なにしろこのところの大旦那ときたら、口を開けば酔いどれ様は忙しいのであろうな、うちに顔を見せる暇はないかなと、わっしら奉公人にぼやいたり、訴えかけたりでね。しばしばこの界隈に男衆を出して、赤目様が来ておられるかどうか探っておられますのさ」

「おや、研ぎ屋の爺に見張りがついておりましたか。気付かなかった」

と苦笑いする小籐次に、

「最前のこってすよ、わっしが大旦那に呼ばれて、蛤町の船着場で赤目様が商いをしているそうな。そなたがちょいと覗きに行ってきなされ、と命じられたってわけです」

と事情を説明した。それに頷いた小籐次が、

「お夕ちゃん、もう一軒だけ挨拶に立ち寄ってよいか。冬三郎さんも長くは引き

止めぬと言うておられるでな」

「私はいいけど」

とのお夕の言葉に、小籐次も急ぎ研ぎ舟を片付けた。

うづの野菜舟を先頭に冬三郎の猪牙舟、最後に小籐次の研ぎ舟と三艘連なって蛤町裏河岸の船着場を離れた。

堀を往来する船に灯りが点され始めていた。

うづは三河蔦屋の屋敷がある亥《い》の口《くち》橋で、

「またね」

とお夕と駿太郎に別れを告げた。

うづが漕ぐ空の小舟は、傾き始めた晩冬の陽射しの中、平井村へと向って姿を消した。

その間に冬三郎が奥へとご注進に走った。

「お夕ちゃん、駿太郎、挨拶だけじゃ。そなたらも爺様と一緒に染左衛門どのに挨拶していくぞ」

と命じて、研ぎ舟を三河蔦屋の船着場に舫い、三人して石段を上がった。

三河蔦屋の屋敷は新年を迎える仕度がなっていた。長屋門の内外の掃除が終わり、立派な門松が飾られてあった。

「おうおう、正月仕度ができましたな」

小籐次が言う声を門内で聞いたか、大番頭の中右衛門が、

「おお、ようよう酔いどれ様が参られたぞ。おまえ様、いささかうちに冷たくはないか。大旦那様が首を長くしておられるのだ、蛤町に立ち寄った際にはちらりとでも顔を見せてくれればいいではないか」

と早速文句を付けた。

「大番頭どの、かく参上したは、師走のご挨拶にござる。大旦那様のご機嫌麗しければお目にかかれようか」

「ささっ、式台から上がりなされ」

小籐次は初めて、三河蔦屋の屋敷に式台から招じ上げられることになった。そこで式台に腰を下ろして手拭いで足元の塵《ちり》を払った。それを見ていたお夕が、

「赤目様、私は駿ちゃんと二人、ここで待つ」

と乗り物が横付けできる式台から森閑とした屋敷に上がるのを恐れたふうに言い出した。だが、駿太郎は遠慮なしだ。すでに式台から玄関に這い上がる気で草履《ぞう》《り》を脱ぎ、小籐次に手拭いで足を拭《ふ》かれた。

「お夕ちゃん、最前も申したとおり、ご挨拶だけで長居はせぬ。そなたらだけをかように大きな屋敷の玄関先に残していけるものか」

小籐次は小籐次で、染左衛門が無理を言わぬようにお夕と駿太郎を連れていく算段を考えていた。

「だって、長屋育ちだもの。お屋敷なんて入ったことない」

と臆《おく》するお夕に駿太郎が、

「ここ、大爺の家、お夕姉ちゃん、しんぱいない」

駿太郎がお夕の手を引いて式台に上げた。

「案内を願おう、大番頭どの」

小籐次の言葉に、中右衛門が角々に行灯《あんどん》が点された廊下を歩き出し、

「ふたりのこぶ付きではやっぱり大旦那様の話し相手はむりか」

と呟いた。

「大番頭どの、いささか無理じゃな。今宵《こよい》は師走の挨拶だけにござる」

と念を押した。

「致し方ない。大旦那様にも得心してもらえようか。このところ口を開けば、念仏のように酔いどれ様、赤目様と同じ文句ばかりでな」

中右衛門が曲がりくねった廊下を、残照が漂う庭に面した奥へと導いていった。

「大旦那様、酔いどれ様が参られましたぞ」

と中右衛門が声をかけ、

「おお、酔いどれ様のご入来か」

と元気そうな声が答えた。

深川の惣名主三河蔦屋の大旦那染左衛門は、炬燵《こたつ》を抱くような格好で顔だけを上げた。

小籐次は廊下に座すと、お夕と駿太郎を傍らに座らせた。

「染左衛門どの、ご壮健の様子、祝着至極にござる。赤目小籐次、ひと安心致しました」

と挨拶すると、染左衛門が、

「赤目小籐次、その節はいかい世話になったな。赤目のお蔭で生きぬく張りがでたぞ。なんとしても再来年の出開帳まで死ねぬな」

と力強く言い、

「おお、駿太郎さん、どこぞの姉様と一緒に深川に来られたか」

「大爺、お夕姉ちゃんだ」

と駿太郎が答えた。

「お夕はわが長屋の差配の孫娘でございましてな。日頃から呆けた爺様、新兵衛さんの面倒をよう見ておられるで、本日は息抜きに深川に連れて参ったところでござる」

「なにっ、呆けた爺様の面倒をようみておるてか。それは感心感心」

と応じた染左衛門が、

「子供連れでは引き止めもできぬな」

「年の瀬の挨拶にござる」

「挨拶などどうでもよいが、正月にゆっくりと顔を見せられぬか」

「染左衛門どの、七日に知り合いが新春歌会を催します。この歌会が終わらぬことにはゆっくりとはできませぬ」

「そなた、その顔でなかなかの艶福家じゃな。先ごろそなたから聞いた御歌学者の娘御北村おりょう様を世話しておるしな」

「染左衛門どの、この酔いどれ爺がさようなお方の世話などできましょうか。お節介にも、下働きに飛び回っているだけにござる」

「まあ、よい。七日の歌会が終わったら時を作ってくれぬか。深川ご開帳の相談もあるでな」

と応じた染左衛門が、お夕と駿太郎を炬燵から手招きで呼んだ。

駿太郎はすぐに応じたが、お夕は迷ったふうに小籐次の顔を見た。

「そなたが爺様の面倒をようみるというでな、正月の小遣いをあげようという話だ。取っては食わぬぞ」

染左衛門が冗談まじりに言った。

「お夕ちゃん、三河から家康様に従い、この江戸に入られた三河蔦屋様の当代様から正月の年玉をもらうなど、まず滅多にある話ではなかろう。話の種だ、素直に頂戴しなされ」

小籐次の許しの言葉にお夕がおずおずと座敷に入り、炬燵の前に正座した。

「そなた、賢そうな顔をしておる。年寄りは我儘《わがまま》短気で得手勝手なものでな、まして呆けておれば無理難題も言おう。そんな爺様じゃが、そなたの爺様に変わりはないでな、精々面倒を見てな、大事にしておくれ」

「はい」

とお夕が答えたところに、

「赤目様」

と密《ひそ》やかな声がして振り向くと、廊下におあきが盆に大ぶりの茶碗を載せて立っていた。

「師走の大川を横切って芝まで戻られるのでございましょう。風邪などひかぬよう、また寒さしのぎに卵酒を拵えました」

と小籐次に差し出した。

「おあきさん、心遣い忝《かたじけな》い。そなたの世話がよいのであろう、染左衛門どのの加減もよいように見受けられる」

「成田から戻られて日々元気になっておられます。成田山新勝寺の不動明王のご加護もございましょう。ですが、私は大旦那様が赤目様と知り合われ、赤目様から元気を授けられたお蔭と考えております」

「おあきさん、酔いどれ爺にそのような神通力があるものか。なんにしても染左衛門どのが元気で新年を迎えられるのはめでたい」

と応じた小籐次に、

「赤目様、大旦那様がいつの日か赤目様と一緒におりょう様にお目にかかりたいものだとおっしゃっておいででした。私もおりょう様にお会いしとうございます、ぜひ機会を作って下さいまし」

と真剣な顔で願った。そこへお夕と駿太郎が戻ってきた。

「お夕ちゃん、おあきさんを紹介しておこうかのう。そなたの姉様の齢じゃが、そなた同様に賢いうえに愛らしい娘御でな」

と、おあきとお夕を引き合わせた。

「酔いどれ様、引き止めたな」

と炬燵から声がした。

「染左衛門どの、却って気を遣わせましたな。新春歌会が終わったあたりに、おりょう様がよいと申されれば、こちらに新年のご挨拶に出向きましょう」

「ほ、ほんとうか。これで新春に楽しみができた」

と笑みを浮かべた染左衛門に、

「よいお年をお迎え下され」

と辞去の挨拶をして別れを告げた。

小籐次の漕ぐ研ぎ舟が亥の口橋から深川黒江町の北側を流れる堀に架かる富岡橋を潜ったとき、お夕が、

「赤目様、どうしよう」

　と言い出した。

「どうした、厠に行きたいか。この界隈だと魚源に舟を寄せたほうが近いか」

「違うの、赤目様」

「違うとな。ならばなんじゃ。おお、そのお重の馳走か。三河蔦屋の女衆が舟で食していけと用意してくれたものじゃ。腹が減っておるなら食してよいぞ。お夕ちゃん、わしはこの大徳利の酒を茶碗で頂戴するでな」

　と小籐次が先回りした。

「赤目様、そういうことでもありません。三河蔦屋の大旦那様が私と駿太郎ちゃんに下さった正月のお小遣いのことなの。包みの中はきっと一両です。そんな大金、頂戴できないわ」

「なにっ、一両が入っていたか」

「いえ、見たわけではないの。でも、この感じからするとそうみたい」

「ふっふっふ。染左衛門どのは、そなたが新兵衛さんの面倒をようみると聞いて、感心な娘に奮発されたのであろう。なあに相手は天下の分限者《ぶげんしゃ》じゃ。頂戴しておくがよい」

「おっ母さんになんと言われるか」

「お麻さんにはわしからわけを言う。その金子《きんす》が重荷ならばおっ母さんに預けて、大きくなって入用が生じたときに役立てればよい。それが金の使い方じゃぞ」

小籐次の言葉を聞いてもお夕は得心できないようだったが、それでも素直に、

「はい」

と返事をした。

小籐次は小舟の艫《とも》に腰を下ろして貧乏徳利の栓を口で抜き、茶碗に注ぐと、香りを嗅いだ。

「おあきさんの卵酒もよいが、酒は生《き》にかぎるな。染左衛門どの、頂戴致す」

と独り言《ご》ちた小籐次は、茶碗酒をきゅっと飲み干して立ち上がると、

「さあて、一気に芝に戻るぞ。お麻さんと桂三郎さんが案じておられるでな」

と自らを鼓舞するように櫓を握り直した。

三

新兵衛長屋に小籐次の研ぎ舟が戻りついたのは、五つ（午後八時）前のことだった。長屋の敷地に接した堀留の石垣では勝五郎や桂三郎らが帰りを待っていて、

舟の灯りを見た勝五郎が、

「酔いどれの旦那、遅いじゃないか。親父さんも心配でよ、こうして待ってたんだよ。なんぞあったか」

と叫んで訊いてきた。

「おお、勝五郎どのか。桂三郎さん、かような刻限までお夕ちゃんを連れ回して相すまぬ。なんぞあったわけではござらぬ」

と叫び返すと、長屋の連中がぞろぞろと迎えに出てきた。その中にお麻の姿も見えた。

「おっ母さん、心配した。でもね、赤目様のせいじゃないのよ。深川の人々が赤目様を頼りにして引き止められるものだから、こんな刻限になったの。赤目様を責めちゃだめよ」

お夕が母親に言った。

「お夕、だれも案じてなんていませんよ。勝五郎さんは読売のネタが欲しくて、長屋じゅうを巻き込んで騒いでいるのよ。うちでも迎えの舟を出すか、久慈屋に掛け合いに行こうかって、最前から一人でやきもきしていたのよ」

「お麻さん、いや、勝五郎どのの気持ちも分らぬではない。真に相すまぬ」

と小舟の舳先を石垣に寄せた小籐次が頭を下げて詫びた。

「おっ母さん、夕餉を食べた」

「お父つぁんだけは、待ちきれないものだから食べさせたけど」

「深川の惣名主の三河蔦屋さんから、うちにもお重を頂戴したの。みんなで一緒に食べよ」

「お夕、難波橋の親分が赤目様をお待ちなのよ」

「あらあら、赤目様は川向こうでもこっちでも頼りにされているのね」

とお夕が急に大人びた言葉で応じた。

小舟から駿太郎とお夕が長屋の敷地に上がり、研ぎ道具やお重が勝五郎らの手に渡った。

「さすがは三河蔦屋のお重だな。ずっしりと重いぜ」

勝五郎がいささか羨《うらや》ましそうに言った。

「おっ母さん、お父つぁん、こればかりじゃないの。三河蔦屋の大旦那様から正月の小遣いだって私も頂戴したの」

「なにっ、そんな話で遅くなったのか。しまった。それならうちの保吉も酔いどれの旦那と一緒に深川にやり、正月の小遣いをもらってこさせるんだったな」

つい本音を洩らした勝五郎の背をおきみが、ばしり、と音がするほど叩き、

「おまえさん、なんて情けないことを言うんだよ」

「おきみ、冗談だよ」

勝五郎が取り繕ったが、長屋の住人の久平に、

「なんだえ、勝五郎さんの本心はそんなところか。江戸っ子の風上にもおけねえな。心からお夕ちゃんの帰りを案じていると思ったらよ」

と言われて、

「いや、最初は案じたんだよ。だけど、お夕ちゃんに深川のお大尽《だいじん》からの小遣いの話を聞いたらよ、そんなことが頭に浮かんだんだよ。どうもここんとこ仕事が少ないんでよ、しけた考えに堕《お》ちたんだな」

勝五郎がしょんぼりした。

「勝五郎どの、そなたに貧乏くじを引かせてしもうた。今宵は先客があるようじゃから無理だが、明日にも話し相手になって空蔵さんが筆をとれるようにするゆえ、許してくれ」

と詫びた小籐次が、小舟を舫って最後に石垣の上に飛び上がった。

「赤目様、お重を頂戴していいんですか」

「染左衛門どのが、お夕ちゃんが新兵衛さんの面倒を日頃からようみておると聞いてな、えらく感心なされたのじゃ。お重も自ら女衆に命じられたものであろう。うちにも一つあるでな」

「有難く頂戴します」

とお麻が頭を下げた。

「おっ母さん、駿太郎ちゃんはうちに泊めるでしょ」

「そうね、難波橋の親分がお待ちだものね。赤目様の一日は終わってないんだったね。駿ちゃんはうちで預かったほうがよさそうね」

とお麻が言い、桂三郎が、

「よし、駿太郎さん、こっちにおいで」

と両腕に抱き上げた。

駿太郎も素直に従い、小籐次が、

「どこの子か、分らぬようになった」

と嘆いた。

長屋の連中に続いて桂三郎の一家と駿太郎が去り、勝五郎と小籐次だけがその場に残された。

「酔いどれの旦那よ、秀次親分は口がかたくて、ちっとも洩らしてくれないんだよ。相談が終わったらよ、話の半分でいいからうちに回してくれよ。正月から釜の蓋《ふた》が開かないぜ」

「分った。親分に相談致す」

勝五郎の気持ちを和らげた小籐次は井戸端に行き、手足と顔を冷たい水で洗い、研ぎ道具を入れた桶《おけ》にお重と貧乏徳利を重ねて、灯りがついた長屋に戻った。すると、秀次親分が火鉢のそばに独り待っていた。

「待たせたな、親分」

「迎えに出て騒ぎが大きくなってもならねえと、こちらで待たせてもらいました。深川に行けば行ったで、そうそう簡単に引き上げられないのが今の赤目小籐次様だ。そのうえ、長屋に戻れば十手持ちが待っている。わがことながら気が引けますぜ」

と秀次親分が苦笑いした。

「親分とて御用のために腹を空かせてかようにぽつねんと待っておられたのであろう。話を聞く前にどうじゃ、頂戴ものの酒とお重で、喉を潤し腹なと満たさぬか」

「御用のこった、腹が減ったなんざ慣れておりますがね。赤目様のお相伴をさせてもらってようございますか」

「おうおう、それでなくてはな」

小籐次は台所から縁の欠けた茶碗と小皿を二つずつ持ち出してきて、一組を秀次の前に置いた。そうしておいてお重を包んだ風呂敷を解いた。

箸も三膳用意されていて、蓋を開くとあなごとぶりの焼き物、蛸《たこ》の煮物に始まって、昆布締め、野芹《のぜり》の胡麻和《ごまあ》え、色とりどりの菜が並んでいた。

「おっと、さすが深川のお大尽の食するものはわっしらと違いますな。早くも正月がきたようだ」

秀次が貧乏徳利の栓を抜いて、

「まずは一献」

と小籐次に差した。

「客人に酌をさせて恐縮至極。それがしも親分に注がせてもらおう」

と男二人が酒盛りの仕度を終えた。

小籐次は茶碗酒を喉に落として、

「甘露かな」

と満足の笑みを浮かべ、

「これで親分の話を聞く仕度はでき申した。長らく待たせて申し訳ござらぬ」

「とんでもねえこって。こちらの都合で待っていただけでございますよ」

と恐縮した秀次が茶碗の酒を少し舐《な》め、

「あやつの身元が割れました」

と言った。

「それはお手柄でしたな」

「手柄もなにも、長崎奉行所から人相書が回ってきておりましてね。顎の左下に毛が生えた黒子《ほくろ》があるところを始め、顔や体の特徴が悉《ことごと》く符合しましたので。なにより右手首の長さ一寸五分、幅五分の二本の入れ墨が動かぬ証しにございましたよ」

「あやつ、入れ墨者であったか。見落としたな」

「野郎、手甲《てっこう》をしていませんでしたか」

「おお、しておったな。着流し姿に手甲はいささかおかしいとは思うたが、手甲の下に入れ墨が隠れておったか」

「いえね、その入れ墨を焼き鏝《ごて》かなんかで焼いて消した痕《あと》がございましてね、手甲をとったくらいでは入れ墨は分りませんので。小伝馬町《こでんまちよう》の牢《ろう》医師の調べでようやく長崎で入れられた入れ墨が確かめられたってわけなんですよ。人相書と合わせて、肥前長崎の生まれで、元長崎針の職人の升次であったということが分りました」

「長崎針の職人な」

「針もまた長崎を通して唐から日本に伝わったものだそうで。その頃の針は糸を通す穴が円《まる》穴の唐針でございまして、それが長崎で造られるようになって楕円になり、こいつを南京《ナンキン》正伝長崎針と称して、売るようになりましたそうな。長崎針は腰が強いのが特徴にございましてな、西川屋、池田屋、西村屋など長崎針を製造して扱うておりましたとか。升次は、大黒町の村中伝右衛門方の針職人であったそうです。それが今から五年も前に博打場《ばくちば》に出入りするようになり、仕事がちゃらんぽらんになって店を追われ、金に窮するようになった。それで悪仲間に入ったようです。入れ墨は三年前の夏に針蔵に忍び込んで大量の針を盗み出し、上方に横流ししたのが判明して入れられたものでございますそうな。初犯であったことを考慮されて、入れ墨のうえ、長崎郷外追放の刑を受けております」

秀次が長崎針の職人升次の転落物語を語り始めた。

小籐次は秀次の話に酒を舐めなめ、耳を傾けた。

「こいつが新たにお尋ねの身になるのは、去年の夏のことにございますよ」

「こんどはなにをなしたな」

「唐人と組んで贋金《にせがね》造りに関わったというのですがね」

「なにっ、贋金造りの一味に堕ちたとな。重罪ではないか」

「針職人は、鍛冶屋のようなことも致しましょう。そうでなければ、腰の強い長崎針なんて造れませんや」

「で、あろうな。それにしても針造りの職人から贋金造りとはな」

「きっかけはございますので」

「きっかけがあるとはどういうことか」

「赤目様、この先は極秘の話にございまして、隣の勝五郎さんや読売屋の空蔵なんぞには内緒にしておいて頂きたいのでございますよ。いえ、わっしの命ではございません。わっしは近藤精兵衛様と同道して、与力の五味達蔵様から、この一件、赤目小籐次どののお力を借りることになりそうじゃが、当分の間、極秘にしてくれと、直々《じきじき》にきつく願われたのでございますよ」

と秀次が念を押した。

「親分、贋金造りは天下を覆す大罪。それに関わる話となると当然、極秘の探索が要ろう。もっとも、なぜこの赤目小籐次がそこへ関わらねばならぬか、いささか判然とせぬがのう」

「まあ、それはこちらにおいといて下さいまし」

と苦笑いした秀次が話を再開した。

「今年の春先、関八州《かんはっしゅう》の賭場の寺銭のなかの真文二分判金《しんぶんにぶばんきん》に贋金が見つかったそうな」

「真文二分判金とな」

幕府は元文《げんぶん》の改鋳以来、八十二年ぶりに新たな貨幣を発行した。それが真文二分判金と呼ばれるものだ。

なぜこの時期に二分判金の改鋳に踏み切ったか。

一に幕府の「出目《でめ》」の確保にあった。

元々の元文金は、金の純度六割六分、銀三割四分であった。それをこたびの改鋳の文政金では、金の純度五割六分、銀四割四分と品位（金銀含有率）を落とした。この品位を落とすことで生じる改鋳利益、「出目」を得ようとした。

むろんこの幕府の決断は、緊縮財政を解除したはいいが、さらに財政が悪化し

た、それをなんとか立て直そうと勘定奉行が勝手掛《かってがかり》老中水野忠成《ただあきら》と図って、禁じ手の、

「出目ねらい」

という安易な策をとったのが真相だった。

それとこの背景には、貨幣の改鋳を行う金改役後藤家の事情も絡んでいるといわれていた。

後藤家では文化七年（一八一〇）に前代未聞の横領事件を引き起こし、金改役を解かれ、絶家になった。

その後、再興を許された後藤家では、信州飯田の御用商人林家の四男光亨《みつみち》を持参金つきで養子に迎えた。

この光亨が老中水野忠成に貨幣改鋳を進言したといわれる。後藤家は鋳造額の一分から二分の手数料を得ようとしたらしい。天下に流通する貨幣の一分から二分ともなると巨額になった。

幕府の思惑と後藤家の事情が絡んでの文政金の改鋳であり、水野在任中に八度の改鋳を行うことになる。

幕府はこの改鋳で一時的に赤字を解消した。だが、品位の落ちた真文二分判金

を嫌い、銀が使われたために物品の値の高騰が進行することになった。

また関八州ではこの品位が下がった文政金は賭場などで多く使われた。賭場の寺銭の中に贋金が混じっていたというのは、当然考えられることだった。有難味のない貨幣から先に費消しようというのは人間の心理であり、そこへ贋金遣いが目をつけても不思議はない。

とまれ、話が先に進み過ぎた。

「赤目様、真文二分判金の贋金は、金目がさらに低くて二割五分、銀目が七割五分という粗悪な貨幣にございましてな、ほんものの半分以下だ。最初は関八州の賭場なんぞに紛れて使われていたものが、江戸でも見つかるようになってきたそうな」

「親分、長崎の針職人であった升次は、この贋金の真文二分判金に関わりがあるのだな」

「幕府と長崎奉行所では贋金造りがどこで行われているのか、必死に、また極秘に内偵をしてきたそうな。五味様ははっきりとは申されませんでしたがな、わっしはその口ぶりから長崎の唐人が贋金造りに関わり、鋳造されるのも長崎ではないかと察しました。この贋金の真文二分判金は出目が少ないとはいえ、金目が二割五分だ。贋金を大量に鋳造するとなると、金の量だって大変なものだ。それを出しうるのは阿片なんぞの抜け荷で金を持っている唐人と、推測されたようなのでございますよ」

「話は相分った。殺された升次の役目はなんだな」

「そこでございますよ。わっしらが推測をつけられるのは、赤目様の手に升次が押し付けた花御札と観右衛門様に言い残した『大旦那に知らせてくれんね』と『長崎の油屋町の大旦那たい』の二言だけでしたね。花御札も銭座町も長崎に関わりがあることが分りました」

「花御札とはなんであったな」

「長崎の名物の祭礼、くんちの折に、各町内が花御札または呈上札《ていじょうふだ》なるものを作りまして、見物の衆に配るそうな。つまりは、町内の出し物のいわれなどを書き記したものでございますよ」

「ほう、くんちなる祭礼のいわれな」

「升次が赤目様の手に押し付けた花御札は大黒町のものにございましたな。唐人船の一番船は、大黒町の沖合に船がかりするのが仕来りだそうでございましてな、唐人との結びつきが深い。唐人船には必ず女神の船神様を祀ってあるそうな。そこで大黒町のくんちの鉾《ほこ》の唐人船にも船神様が飾られているとか。そんな経緯《いきさつ》を記したものが呈上札、あるいは花御札と呼ばれるものにございます。またガネカミ唐人と呼ばれる異様な唐人に扮した大黒町の大人が真っ先に船を引くそうですが、あやつが赤目様に押し付けた花御札の中には、このガネカミ唐人の絵札の半分が隠されておりました」

「長崎のことでは、こちらにはまるで唐人の寝言じゃ。だれに理解がつくものか」

秀次親分が笑った。

「つまりは割符か」

「と思うてようございましょう」

「長崎で贋金を造った唐人一味の手先が、元針職人の升次か。それが江戸に運ばれた贋金の受取人との間にいさかいが起こって、升次は始末されたか」

小籐次が大胆な推測を述べたのは、長崎がからむ騒ぎなどとても手に負えぬと思ったからだ。

「まあそんなところにございましょうかな。ともかくだれのお指図か、この贋金事件を解決するには赤目様の手が要ると考えられたらしく、五味様はわっしに赤目様によう説明しておけと命じられたのでございますよ」

「それは親分もご苦労なことじゃな」

「いえ、わっしではございませんや。赤目様が大迷惑にございましょう」

「親分、考えてもみよ。江戸から何百里も果ての長崎がからむ話じゃぞ。天からふんどしが降ってきたようなものじゃ。いくら難波橋の親分でも長崎の騒ぎに関わりは持てぬわ。およそ聞き流しておくしかあるまい」

「それができるなら楽にございますがな」

と秀次が言い、小籐次の茶碗に徳利の酒を注いだ。

「親分、もはやこの話はよさぬか。酒を飲みながら腹を満たそうぞ」

小籐次が秀次に言いかけ、二人だけの宴《うたげ》が始まった。

四

次の朝、小籐次が新兵衛の家に顔を出すと、当の新兵衛は起きていて玄関の上がり框に座して、

「おおっ、長屋の衆か。一同打ち揃って年始の挨拶に参られたか。ささっ、奥の

白書院に通りなされ。各自に膳と屠蘇《とそ》が仕度してあるでな。一同で新春を寿《ことほ》ぎましょうかな」

と厳《いか》めしい顔で言った。

当人は紋付き羽織袴《はかま》で正装し、応対しているつもりらしいが、はだけた寝間着に骨が透けた胸がなんとも痛々しい。

「新兵衛さん、師走に浴衣一枚では風邪をひきますぞ。綿入れかなんぞを重ねなされ」

という小籐次の声を聞きつけたお麻が顔を覗かせ、

「お父つぁん、居間に綿入れがあるわ。独りで着られるでしょ」

と奥に追いやろうとすると、

「これ、お女中、ただ今、年賀の挨拶を受けておる最中であるぞ」

「だから、奥でご挨拶を受けてよ」

「さようか、奥書院でのう。ならばそちらに拝賀の場を移そうか」

と新兵衛がよろよろと立ち上がり、玄関先から奥へと消えた。

新兵衛に代わってお麻と桂三郎夫婦が玄関先に顔を揃えた。

「お夕も駿太郎さんもさすがに疲れたか、未だ眠っておりますよ。赤目様、もうしばらく寝かせておいてはどうでしょう」

桂三郎が襖《ふすま》の向こうを見た。

「うづどのに従って触れ売りに歩き、最後には三河蔦屋のお大尽の屋敷に挨拶に伴われては、いかなお夕ちゃんでもくたくたに疲れたであろう。気の毒なことをしたな」

と小籐次が詫びた。

「赤目様、それより駿太郎ちゃんとお夕が早々といくつお年玉を頂戴したか、ご存じですか」

「染左衛門どのの他にいくつもあるのでござるか」

「お夕ったら昨日、駿太郎ちゃんのお伴で大工の棟梁のおかみさん、万作親方に竹藪蕎麦と三つもお年玉を頂戴してきたのよ。その他に三河蔦屋様など子供に一両もくれたの。どうしたものでしょう」

お夕から聞いていて承知のことだ。

「それは、お夕ちゃんが新兵衛さんの面倒をようみると知って下されたご褒美じゃ。あちらの年寄りの気持ちも察して、受け取りなされとお夕ちゃんには言うた。お麻さん、桂三郎さん、お夕ちゃんが大きくなったときに入り用が出てこよう。

そのときまでそなたらが預かっておいてはどうじゃ」

お麻が、それでいいのかしらと言いながら、上がり框に駿太郎とお夕のお年玉をずらずらと並べた。

「さすがにこちらは一両ということはあるまい」

「それでも万作親方など一朱が入っていたわ。お夕の小遣いには多すぎます」

「当分、そなたらが預かっておくのだな」

「それでようございますか」

とまた念を押した。

「まあ、お夕ちゃんを遅くまで引き回した詫び賃じゃ。いささか他人のふんどしで相撲を取ったような心境じゃがな」

と小籐次が苦笑いした。

「お夕のはこちらで預かるとして、駿太郎ちゃんの分は赤目様にお渡し申します」

小籐次はお麻から四つの包みを受け取った。そのお麻が、

「ただ今、お茶を淹れますからね」

と奥に引き下がり、玄関口に桂三郎だけが残った。

「赤目様、今日はうちに駿太郎さんを残していかれてはどうですね」

「毎度毎度、そなたの家に面倒をかけて相すまぬ」

「そんなことはありませんよ。お夕も爺様の世話ばかりでは鬱々とすることもあるのでしょう。そんなとき、駿太郎さんがいるといないでは気持ちが違うようです。姉様としてゆとりが出るようでしてね。とまあそんなわけで、こちらの都合でもあります」

「まあ、その辺は察せんでもないが」

「それに赤目様には深川など得意先に連れていってもらい、普段お目にかかることもできない、深川の惣名主の奥座敷に招じ上げられるなど、あの年で貴重な経験をさせてもらっています。きっとこのようなことはお夕が大きくなったとき、大事な思い出として残ることと思います」

「桂三郎どのにそう言ってもらい、酔いどれ爺もいささか安堵《あんど》致した。本日の昼下がり、深川の連中と望外川荘を訪ねるが、お夕ちゃんと駿太郎は年が明けてから改めて連れて参ろう」

と望外川荘訪問の理由を述べた。

「あら、新春歌会を正月七日になされるのですか」

お茶を淹れたお麻が玄関先に戻ってきた。

「江都の歌壇におりょう様が打ってでるお披露目の催しの接待の手伝いを、竹藪蕎麦の親方一家やらうづどの、太郎吉どのがなすことになってな。本日は五十人前の蕎麦を拵える台所なんぞの下見じゃ。まあ、下見と称して望外川荘の見物に行くのじゃがな」

と小籐次が笑った。

熱々の茶の茶請けは大根の古漬けだ。

「お麻さん、駿太郎を残しておくがよいか」

「亭主との話、台所で聞いておりました。いくらなんでも二日続きで赤目様に付き合わせるのは酷にございますよ」

と快く受けてくれた。

小籐次はお麻の家の玄関先で淹れ立ての茶を馳走になり、暇をした。すると、長屋の戸口から勝五郎の顔が一つだけ突き出ていて、片手を出しておいでおいでをした。

「酔いどれの旦那よ、親分と遅くまで話していたようだが、なんぞ年の内の仕事がもらえそうか」

と自らの仕事を案じた。

「御用の話というより師走の四方山《よもやま》話が大半でな」

「そんな馬鹿な。深川のお大尽から頂戴の酒と肴《さかな》で四方山話だって。酔いどれ小籐次と難波橋の親分が額を突き合わせて、そりゃないだろうが」

「それもそうじゃな」

「勿体《もったい》ぶるねえ。頼むよ、もう一つ仕事しないとよ」

「隣の釜の蓋が開かぬでは、いささか剣呑《けんのん》じゃな」

「一家三人、鴨居に縄結んで首を括《くく》るぞ」

「三人が首を括るほどの鴨居なんぞ、九尺二間の長屋にあったか」

「あっ、いやだいやだ。長屋にゃあ、首をくる鴨居もねえよ」

とぼやく勝五郎に、

「空蔵さんと一緒に難波橋の秀次親分を訪ねることだな。大した読売にはなるまいが、秀次親分が勝五郎さんのためになんとかするじゃろう」

「そ、そうこなくっちゃ。よし、このままほら蔵のところに朝駆けだ」

「いくら師走とはいえ、面《つら》くらい洗っていきなされ」

「合点だ」

と張り切った勝五郎が井戸端に飛んでいった。

小籐次はそれを見て部屋に戻り、昨夜、食べ残したお重のご馳走をおきみのところに持っていき、

「おきみさん、昨夜、酒の肴に端っこを突《つつ》いた残りで恐縮じゃが、食べてはもらえぬか」

「えっ、三河蔦屋のお重がうちに回ってきたのかい。どれ」

と蓋を開いたおきみが、

「なんだい、まだそっくりご馳走が残っているじゃないか。正月が何日も前からきたようだよ。いや、うちなんかじゃ、正月がこようとこんなご馳走は用意できないよ。ほんとにいいのかい。わあっ、寒ぶりの美味そうなこと、煮蛸も残ってるよ。きんとんの甘そうなこと。酔いどれ様も親分も箸をつけてないんだね。口が奢《おご》ってるよ」

と興奮の体でお重の残りをもらってくれた。

「お麻さんの家にもう一つお重がいっておるでな。空になったら二つ合わせて返しに行くゆえ、ゆっくりと食しなされ」

と小籐次が言うところに勝五郎が、

「うわあ、水が冷てえや」

と言いながら戻ってきて、

「なんだい、酔いどれの旦那。亭主のいない隙《すき》に他人の女房を口説きにきたか」

「まあ、そんなところじゃ」

「うちのかかあでよければ、のしつけてくれてやるよ。どうぞどうぞ」

と仕事場の板の間に飛び上がり、

「おっ母、ほら蔵のところまで行ってくらあ」

「ああ、戻ってきたら女房は家にはいないよ」

「さっぱりしていいや」

と掛け合う二人を残して、小籐次は昼前、久慈屋の店頭で研ぎ残した道具の手入れをしようと考えながらわが部屋に戻った。

小籐次の研ぎ舟の舳先に美造とおはる夫婦が座り、うづの小舟には縞太郎とおきょう若夫婦、太郎吉が乗った。商売道具は積まなかったが、うづの野菜は積んでおり、その傍らになんとか七人が分乗できたのだ。

「もう一艘雇うことになると思っていたが、なんとか乗れたぜ。年の瀬に無駄な銭は使いたくないからな」

美造親方が言い、蛤町裏河岸の船着場を離れる小舟の上で一服しながら、

「こうして水上から蛤町の町並みを見ると悪くねえな、汚い屋並みが乙に見える」

と満足げに言ったものだ。

「わたしゃ、こんなふうにこの界隈を見るのは初めてだよ。なんだか知らないところを見るみたいだよ」

とおはるも応じた。竹藪蕎麦の親方夫婦揃って舟なんぞに乗ることはないのだろう。

「おはるさん、大川に出たら少し舟が揺れるが、なあに須崎村までは大した間はかからぬ」

あとから従ううづの小舟は他の三人も若いだけに賑やかだ。笑い声は須崎村近くまで絶えることなく続いた。

「おお、竹屋ノ渡しが見えてきたぞ。桜餅で有名な長命寺の先の水路に入ると、大川からは信じられないだろうが、水底からぶくぶくと水が湧く池があってよ、極楽にでも行った気分になるぜ」

太郎吉が縞太郎とおきょうの若夫婦に説明する声が小籐次の背に聞こえ、小籐次は隅田川から長命寺の石垣を見ながら堀に入れた。

堀の両側は桜並木で、なんとなく早咲きの桜の蕾《つぼみ》がふくらんでいるのが見えた。うねうねとした堀を進むこと数町、不意に視界が広がって二艘の舟は池に到着した。

池を囲む緑の中に、大身旗本の下屋敷や大店の別邸の甍《いらか》が見えた。今日もまた須崎村や小梅村の畑では春の植え付けの仕度に枯草を燃やしているのか、灰色の煙が空に立ち昇っていた。そして、江戸の内海から飛んできたか、鳶《とんび》が青空に悠然と飛翔していた。

「蛤町とえらい違いだな。こんなにも静かな景色がよ、隅田川筋にあったのか。おっ母、うちもこの界隈に一軒よ、御寮を拵えようかね」

「殿様、お好きなようになさいませ」

おはるが奥方気分で美造に応じた。

望外川荘の船着場に二艘の小舟を繋ぎとめ、うづが正月用の野菜を入れた竹籠を担いで舟を下りた。

「屋敷なんぞ見えないぞ」

「縞太郎さん、この竹林を抜けたところよ」

うづと太郎吉が先導して枝折戸を開け、竹林を抜けると、ようやく広い庭の泉水に突き出た離れ屋が見えた。

「望外川荘ってあれか。えらく小せえな」

「縞太郎、あれは離れ屋の茶室だよ」

「茶室な。なにをするところだ」

若い連中だ。わいわいがやがや言いながら、望外川荘の庭に入り、離れ屋が突き出た泉水の周りを回って前庭に出ると、ようやく望外川荘の母屋が見えた。

「縞太郎、おきょうさん。あれがおりょう様の屋敷だよ」

太郎吉の説明にしばらく黙っていた縞太郎が、

「おっ魂消《たまげ》た。この家に何人で住んでるんだ。でけえ屋敷だぞ。おりゃ、大きさだけなら離れ屋が落ち着く」

と喚いた。

その声が聞こえたか、陽があたる縁側にあいが姿を見せた。

「あの方がおりょう様か、えらく若く見えるがな」

「縞太郎、お付きの女中だ」

「なんだって、おりょう様にはお付きの女中もいるのか」

「おりょう様はこれまで大身旗本の水野家に奉公なされていたんだ。それにこれだけの所帯だぞ。あいさん、おしげさん、この屋敷の前の主人の時からいる老爺《ろうや》の百助さんと三人しかいないんだよ。足りないくらいだ」

「だから、私たちが手伝うのよ」

うづが話に加わったとき、縁側におりょうが姿を見せた。

「おりょう様」

とうづが叫んで駆け寄った。小籐次もうづに続いた。

なぜか美造親方一家四人の足が止まった。

「どうした、親方」

一家の後ろに従っていた太郎吉が尋ねた。

「太郎吉、あ、あのお方が北村おりょう様か」

「そうだけど、どうした親方」

「縞太郎じゃねえが、おっ魂消た。おりゃ、口が利けねえ」

「どうしてよ。おりょう様は親方を取って食おうとはなさらねえよ」

「太郎吉、ちょっと来い。ほんとうによ、酔いどれ様とおりょう様は仲むつまじいのか」

「不思議かね、それが真なんだよ。見ていな」

太郎吉が顎で縁側を指した。すると、おりょうが小籐次の肩口についていたごみを優しく摘んで、小籐次に微笑みかけた。

「こりゃ、世の中、おかしいぜ。こんなことってあるものか」

「それがあるんだよ。親方もまだまだ修行が足りないってことよ」

うづが、庭の真ん中に立ち竦んだ親方一家と太郎吉を呼んだ。おずおずと美造らが縁側に行き、畏まった。おりょうが、

「美造親方、お内儀様、縞太郎さん、おきょうさん、北村りょうにございます。正月早々に面倒な頼みを致しました。赤目様のお言葉に甘えましたが、迷惑であったのではございませんか」

と一人ずつ名を上げて話しかけた。

「あ、いえいえ、迷惑だなんて。わっしは蕎麦しか作れねえ人間でして、蕎麦ならなんとか打てるんでございますよ。蕎麦は信州の粉を使ってましてね、出汁《だし》は」

と甲高い声でべらべらと応じ始めた。それを、

「親方、声が裏返っているぞ。最初におりょう様に会った人間は、だれもが同じことを経験するんだよ」

と笑った太郎吉が止めた。

「おりょう様はすでにご存じだ。紹介の要もねえが、美造親方の家族をうづさん頼むぜ」

とそれでも太郎吉がうづに願い、四人を改めて引き合わせた。

「おりょう様、親方は竈やら台所やらを見たいそうな。見せてもらってよいか」

「どちらなりとも自由にご覧下さりませ。あい、案内なされ」

おりょうの許しにうづと太郎吉も加わって、あいが伴い台所に向かった。

縁側に残ったのはおりょうと小籐次の二人だった。

「本日も駿太郎様をお連れになりませんでしたね」

「昨日のこと、差配の孫娘のお夕ちゃんとともに蛤町裏河岸に伴いましてな。うづどのの触れ売りにあちこち従うて、最後に三河蔦屋の大旦那のところに呼ばれましたで、芝口新町の長屋に戻るのが遅うなり申した。今朝方、久慈屋さんでひと仕事して参ったが、長屋を出る折は、お夕ちゃんと一緒にまだ眠っておりました。師走はなにかと忙しゅうござるゆえ、年が明けたら駿太郎を伴い、年賀の挨拶に参ろうかと思うており申す」

「赤目様、この家は赤目様のお屋敷でもございます。いつ何時なりとも遠慮は要りませぬ」

「じゃが、そのようなことを新春歌会の席で口にしてはなりませぬぞ。だれがどのように誤解せぬとも限りませぬでな」

「りょうは常々申しております。赤目様のことを世間がどのように申そうと、いささかも動じませぬ。りょうは己の心に正直に生きとうございます」

「歌壇の事情は存じませぬ。されど狭い世界には足を引っ張ろうとする者がいるものにござる」

ふっふっふ
と笑ったおりょうが、

「七日にお集まりの中に、二人ほどそのようなお方が混じっておいでです。読売が出た後に自ら出席を強要なされてきた古典連歌《れんが》曙天派の宗匠音嶺塵外《おとみねじんがい》様に、もうお一方は京で修業をなされた京雅流の三条綾麻呂《さんじょうあやまろ》様にございます」

「やはりおりょう様に関心をもたれるお方がおられるか。じゃが、剣術世界と違い、棒っきれを振り回すわけではござるまい」

「赤目様、それだけに言葉のつぶてが激しゅうて、いつまでもしつこく飛んで参りましょう」

「おりょう様、ほれ見なされ。そのようなお方もおられるのです。いいですか、七日には酔いどれ小籐次のよの字も口にしてはなりませぬぞ」

と小籐次が注意したとき、がやがやと美造親方らが姿を見せて、

「赤目様、こんな立派な台所で蕎麦なんて打ったことはねえや。ここならたとえ百人前だってこさえてみせるぜ」

と最前の裏返った声からいつもの声音に戻った美造が言った。仕事場を見ていつもの自分を取り戻したようだった。

「それはよかった。やはり前日から泊まり込むか」

「そうしたほうがよさそうだ。いいかねえ」

と美造親方が眩《まぶ》しそうにおりょうを見て、呟くように言った。

「親方のよろしいように」

と応じたおりょうが、

「赤目様も前夜からお泊まりですね」

と願ったものだ。

第三章　新兵衛の風邪

一

芝口橋を往来する人々の足の運びがだんだんと気ぜわしくなった。

いよいよ押し詰まった年の瀬、小籐次は久慈屋の店先に研ぎ場を設け、砥石の表面を前後する刃先に神経を集中していた。すると、目の前に人影が立った。

小籐次が顔を上げると、読売屋のほら蔵こと空蔵だった。

「酔いどれ様、難波橋の秀次親分を訪ねたところだがね、永代橋から投げ落とされた男の身元も分らない、下手人も知れないと答えるばかりで、埒《らち》があかないや。勝五郎さんになんとか年の内に一本仕事をさせてくれと泣きつかれているんだが、どうにかならないかね」

勝五郎の名を出していきなり言い寄られた。

「秀次親分が分らないものは、わしにも分らぬぞ」

「いいのかねえ。長屋の隣人が寂しい正月を迎える羽目になってもよ」

「こんどは脅しか」

「どこのだれが天下の酔いどれ小籐次様を脅せるものか。赤目様の情の厚いところにお願いしているんだよ」

「困ったな」

「困ったのはこっちだよ」

と小籐次の前に立ち塞《ふさ》がるように腰を屈《かが》めた。

「年の瀬にきてまるで借金の取り立てのようじゃな」

「酔いどれ様とはこれまでも、あれこれ仲良くやってきたつもりだがね」

「お上の御用を務める親分が口を噤《つぐ》んでいなさるものを、喋れるものか」

「喋れるものかだって、やっぱりなにか知っていなさるね。親分は、奉行所から十手を預かる御用聞きが洩らすことはできないが、酔いどれ様の口を開かせることができるなら、わっしの関知したことじゃないって言ってなさるんだ」

「そのようなことを言われたか。確かに、落ちた男を最初に舟に引き上げたのは、あそこにおられる久慈屋の大番頭どのとわしじゃがな。まあ、感じたことはないこともない」

「その感じたことを喋って下さいと願っているんですよ」

小籐次はしばらく沈思し、今朝方早く新兵衛長屋に顔を出した秀次親分と話し合ったことを告げた。

「永代橋が人の波で混んでいたな」

「そりゃ、師走だもの。致し方ございますまい」

「櫓を漕ぎながらふと上を見たら、着流しの男らが別の男一人を囲んで揉み合っていたと思いなされ。男は必死で欄干を越えて川に逃れようとした」

小籐次はこの光景を見たわけではない。小僧の梅吉が目撃した話を自分のこととして話した。

「ふむふむ、それで」

「逃げたか、突き落とされたか、男が流れに落ちてきたのを見たわしは男のもとへ必死で小舟を寄せて、舟に引き上げた」

「そしたら土手っぱらを匕首で抉られていたんだろ。そのへんはもう世間に知れていることだよ、酔いどれ様」

「そうか、読売にはならぬか」

と小籐次がさらに考える風情で、

「刺した連中が匕首を使ったかどうかなんて分りはしないがな、下手人には屋敷奉公ふうの武家が従っていたことだけは確かだ」

「ほうほう、そいつは新しい話だぞ。それが一味の頭分だな」

「と思うがな」

「で、殺された男はおまえ様方になにか言い残さなかったか」

空蔵はずばりと踏み込んできた。

「わしの耳にだけ残る言葉で、大旦那に知らせてくれんね、と言うた」

「大旦那とはだれだろう」

「わしも尋ね返すと、西国訛《なま》りで、長崎の油屋町の大旦那たい、と答えたのが最後の言葉であった」

小籐次は観右衛門の聞いた言葉も自分のこととして空蔵に伝えた。

梅吉と観右衛門に災難が降りかかってもならぬと、親分と相談したことだ。

「それだけで」

「そのあとのことは、斎藤棟秀先生の診療所に駆け付けるのに大忙しでな。あの者もはや口を利ける状態ではなかった」

「それだけか」

頷く小籐次に、

「師走にきてそんな曖昧な話で読売になるものか」

と空蔵が怒ったような表情で言い放ち、立ち上がった。どうやらもう少し小籐次を揺さぶれば、新たなネタが吐き出されると考えたようだ。

「それでは読売ができぬというか」

「酔いどれの旦那、致し方ないや。なんぞ別の埋め草を探すしかあるまい」

「勝五郎さんのところに仕事が回るな」

「埋め草の読売ですよ。外の職人に出せるものか」

「困った」

「困ったって仕方がないや」

腕組みしてしばし考えた小籐次が中指の先を曲げて空蔵を招いた。

「なんですね。知っていることがあれば小出しにせずに一時《いちどき》に出して下さいよ」

と中腰の姿勢で小籐次を見た。

「そんな格好で見下ろされると落ち着かぬな。話はあれだけだ」

「ならば読売はなしですよ」

「じゃが、とっておきのネタがないこともない」

「えっ、なんぞ他に」

「男を舟に乗せたとき、握り締めていた花御札と書かれた御札をわしの手に握らせた。裏には大黒町とだけあった」

「花御札なんて聞いたこともねえや。それに大黒町ってどこですね」

「しっかりせぬか、空蔵さん。あいつは長崎の油屋町の大旦那に伝えてくれと言って死んだのじゃぞ」

「おお、そうか。長崎の御札が人ひとりの命を奪ったとすると」

と呟きながら中腰からしゃがんで、考え込んだ。

「そいつはね、抜け荷の割符かなんかですよ。仲間割れをしたか、割符を巡って殺された」

と空蔵が思案したことを告げた。

「割符じゃと。あれがそんなに大事なものかのう」

「その花御札、親分に渡されたんですか」

「いや」

「いやって、どうしたんです」

「長屋に置いてあるが」

「こいつはだれも知らないネタだ」

「じゃが、そのような大事な証拠の品をわしが持っていたとなると、秀次親分に面目《めんぼく》が立たぬ。どうしたものか」

「酔いどれ様は隠し持っていたわけじゃありませんよ。大事とは思わなかった。そうですね」

「そのとおりじゃ」

「ならば秀次親分に届けるがいいや。ただし、後一日渡すのを待ってくれませんか。この空蔵がそいつをネタに読売をでっち上げるからさ。その頃合いに難波橋に届けてくれませんか」

「これで読売になるか」

「なる、してみせる」

とほら蔵が細い腕を撫《ぶ》した。

「じゃが、あからさまに赤目小籐次が未だ花御札を持っておると書かれると、いささか具合が悪いな」

「その兼ね合いはこの空蔵の筆に任せておくんなさいよ」

と胸を叩いたやり手の読売屋が表通りの雑踏に姿を消した。

小籐次が研ぎ場から立ち上がると、内玄関に通じる三和土《たたき》廊下から難波橋の親分が姿を見せて、帳場格子の観右衛門が、

「お二人さんも人が悪いですね。敏腕で鳴るほら蔵さんを騙して、とうとう一本読売にでっち上げさせるとは」

「大番頭さん、こちらも手詰まりでございましてね。橋の上の連中を空蔵の筆で師走の陽射しの下に誘《おび》き出そうという苦し紛れの算段にございますよ」

と秀次が笑った。

増上寺《ぞうじょうじ》の切通しの四つ（午後十時）の時鐘が師走の江戸の町に鳴り響いたのは、半刻（一時間）も前のことか。

小籐次が足袋《たび》問屋の京屋喜平の潜り戸から顔を出すと、京橋の方角から芝口橋に向って木枯らしが吹き抜けていた。

「赤目様、外は未だ冬の気配です。風邪など引かぬようにお休みなされ」

と声をかけられた小籐次は、番頭の菊蔵に、

「番頭どの、長屋に戻って寝るだけですよ」

「赤目様、明日にも今年の研ぎ料は長屋に届けますでな」

と言う菊蔵の言葉に見送られて表通りに出た。

砥石を入れた木桶を小脇に抱えた小籐次は、人気のない芝口橋に向った。すると、久慈屋の閉じられた大戸の端に痩せた犬の姿があった。この町内を塒《ねぐら》にする野良犬のあかだ。

「あか、もうすぐ春が来るでな。寒さもそれまでの辛抱じゃぞ」

と話しかけるとあかが小籐次を認めたか、座ったまま尻尾《しっぽ》を二度三度振って応《こた》えた。


明日は大晦《おおつごもり》という日の夕暮れ前、小籐次が久慈屋の道具の手入れを終えた時分、菊蔵が慌てて小籐次のところに来た。

「おっ、まだおられたか。助かった」

「どうなされた」

「岩井半四郎丈から、新春《はつはる》芝居に使う足袋の注文が急に入ったんですよ」

「半四郎様からの注文にござるか。そりゃ、京屋喜平も無下に断るわけにもいくまい」

「そういうことですよ、うちの大事な得意先ですからね。そこでさ、円太郎親方が半四郎丈の足袋を拵えるには赤目様の手をどうしても借りたいというんですよ。半四郎丈の足袋は格別な拵えなんです。急がせてすまないが、これからうちで道具を研いでくれませんかね」

「相分った」

二つ返事で引き受けた。京屋喜平は得意先であり、岩井半四郎の名を出されれば小籐次も断わることなどできなかった。

小籐次は久慈屋の店先に設えた研ぎ場を急遽《きゆうきよ》、隣の京屋喜平の板の間の端に移した。仕事を始めてみると、足袋の注文は岩井半四郎だけではなく何人かの役者衆の注文が重なり、職人衆は徹夜仕事になりそうだという。

普段は静かな京屋喜平の仕事場が殺気立っていた。

小籐次はまず、円太郎親方が使う刃先が弧を描いた刃物や鋏を研ぎ、ついでに他の職人衆の道具の手入れもした。夕餉に職人衆と一緒に煮込みうどんを食べただけで、一心不乱に研ぎに集中したせいで、二刻半（五時間）余りでなんとかすべての道具の手入れを終わった。

だが、円太郎親方らはこれから徹夜作業に取り掛かるという。

小籐次はそおっと砥石類を片付け、菊蔵に見送られて出てきたところだ。

芝口橋を渡り切ったところで、

(そうか、小舟が久慈屋に舫ってあったな)

とそのことを思い出した。

河岸道から対岸の久慈屋の船着場を見下ろすと、小籐次の研ぎ舟が杭につながれて風に吹かれていた。

(今宵は歩いて帰ろうか)

そのまま河岸道を芝口新町の新兵衛長屋に向って進んだ。すると、風に吹かれて紙が飛んできて、小籐次の胸に止まった。広げてみると常夜灯の灯りに、

「永代橋から降ってきた男は抜け荷一味か」

という文字が躍っているのがうすぼんやりと読めた。だが、読めたのは太字だけで、内容までは読めなかった。

「そうか、あの読売が本日売り出されたか」

小籐次はあまりの忙しさに、ついそのことを忘れていた。

「さて、一味が誘き出されるかのう」

と呟きをその場に残した小籐次は飛んできた読売を木桶の砥石の下に入れ、新兵衛長屋に向った。すると、後ろからだれかついてくる気配がした。振り向くと、あかがいた。

「あか、埘を探しておるならばうちにくるか」

と呼びかけると、あかが尻尾を振った。

小籐次とあかが異変を感じたのは、新兵衛長屋にあと半町のところだ。

（うむ）

と小籐次が立ち止まり、

（そうか、読売が売り出されたのはこういう企てがあったからだったな）

と忘れていた使命を思い出した。

前方に人影が立った。

頭巾《ずきん》をかぶった羽織の武家だった。左肩が下がり、背がわずかに丸まったような前傾姿勢から、武家はそれなりの年齢と察せられた。

久慈屋の小僧の梅吉が永代橋上で見た武家だろう。

「なんぞ御用か」

小籐次の問いに答えるふうはない。

「それがし、近くの長屋に住む者じゃが、本日は朝から働き詰め、いささか疲れた。早う長屋に戻って横になりたい」

羽織の武家が片手を上げた。すると、武家の傍らの闇から三、四人の男らが姿を見せた。

小籐次は後ろを振り向いた。すると背後も固められていた。

剣術家を雇ったか。殺伐とした風体はばらばらで、師走に腹を空かせた狼《おおかみ》の風情が漂った。

「それがし、さほどの金子の持ち合わせはないぞ」

と相手の出方を窺う小籐次に、

「赤目小籐次じゃな」

と頭巾の武家が初めて声を上げた。

「いかにも赤目じゃが」

「花御札、十金で買い受けたい」

「なにっ、あの花御札なるもの、さような値がつくものか」

「所持しておるのだな」

空蔵の筆に吊《つ》り出された武家の声音は真剣だった。

「そなたが持っていても一文にもならぬ。じゃが、それがしに渡せば十両になる。どこに所持しておる」

「あれが十両のう」

前と後ろの剣術家の面々が間合いを詰めてきた。それを確かめながら、

「どうじゃな、二十五両で手を打とう」

「痩せ浪人め。駆け引きをしおるか」

「師走じゃぞ。こちらも食わねばならぬでな」

「どこに所持しておる」

「わが懐にあるが」

「なにっ、そこに所持しておると申すか」

いかにも、と答えた小籐次が腰を屈めて木桶を足元に置いた。後ろから殺気が襲ってきた。

小籐次は桶の中にあった使い込んだ粗砥を摑むと、振り向きざまに投げた。

がつん
と胸を直撃した鈍い音が響いて、白刃を翳《かざ》した剣術遣いの体がくねくねと動き、

どさり
とその場に転がった。

小籐次が立ち上がり、刀の柄に手をかけた。

「そなたの言葉、信がおけぬな」

「功を焦りおった愚か者の仕業じゃ。それがしの命ではない。よし、二十五両、払うてもよい」

芝口橋の方角で夜回りの拍子木の音が響いて、

「火の用心、さっしゃりましょう」

の声が風に乗ってきた。さらに夜空に呼子《よぶこ》のぴいっとなる音も響いて、御用提灯の灯りも見えた。

「まずいぞ」

武家が狼狽の声を上げた。

「取引きは明日にしてはどうか」

「たしかか」

「年の瀬の二十五両は捨てがたい。そなたの屋敷を訪ねよう。どちらに出向けばよい」

「いや、それはならぬ。それがしがそなたの長屋を訪ねる」

「それがしの長屋を承知か」

「知っておる」

「ならば明日昼九つ（正午）、そなた一人で参れ」

「たしかに花御札所持しておるな」

「酔いどれ小籐次、虚言は弄《ろう》さぬ」

「ならば明日九つ」

と答えた頭巾の武家が、雇った武芸者らに引き上げの合図をした。

小籐次が粗砥で気を失わせた剣術遣いの体を引きずって、一行は闇に消えた。

小籐次が投げた粗砥を探すと、二つに割れて地べたに転がっていた。

「年の瀬に粗砥を一つ失うたわ」

と呟いた小籐次が割れた砥石を拾い上げ、

（あとは難波橋の出番よ）

と読売に誘き出された武家一行を、闇に紛れて尾行する筈の秀次親分と手先たちを思いやった。明日昼九つといい加減なことを答えたのは、もはや小籐次の務めは果したからだ。

二

翌朝、小籐次が井戸端で顔を洗っていると入堀に櫓の音が響き、水面から立ち昇る朝靄をついて小舟が新兵衛長屋の石垣に向ってきた。

小舟は小籐次の研ぎ舟で、立っているのは難波橋の秀次親分だった。

「ご苦労であったな。その様子では首尾は上々吉とみたが」

「赤目様のお手を煩わせた甲斐《かい》がございました」

船頭は銀太郎だ。

小舟が石垣に横付けされ、秀次親分が新兵衛長屋の敷地に飛び上がってきた。

「おっと、難波橋の親分のご入来だ。なんぞ読売のネタが飛び込んできたかね」

厠から姿を見せた勝五郎が満面の笑みで言った。

「勝五郎さん、すでに歳暮は届けてあると思ったがね」

「親分、あの話は皮切りでしょうが」

「いや、あれはあれで終わりだ」

「そんな馬鹿な」

と不満げな顔の勝五郎を残し、小籐次と秀次は部屋に入ると戸を閉じた。すでに火鉢の上の鉄瓶がしゅんしゅんと湯気を立てていた。

「そちらも夜明かしのようじゃな」

「赤目様も夜明かしでしたか」

「いや、わしはあれから眠った。京屋喜平さんのところが新春芝居に合わせて徹《てっ》宵《しょう》したようだ」

「本日は泣いても笑っても文政二年の締めだ。除夜の鐘が江戸の町に鳴り響きまさあ」

と言う秀次親分の顔には、どことなくさっぱりとした表情があった。そんな様子を見ながら小籐次は茶を淹れた。

「親分の出番は終わったか」

「へい」

小籐次が茶を秀次に差し出した。

「頂戴します」

と両手で茶碗を持った秀次が茶を喫し、

「ふーう、生き返った。川向こうはこちらより寒うございますね」

「あの者たち、川向こうから参ったか」

「あやつら、竪《たて》川の五ッ目渡し場亀戸村の抱え屋敷に姿を消しました。あやつらが船を用意しているのでいささか慌てましたが、赤目様の舟が久慈屋に止まっていたことを思い出し、無断でお借りしましたので」

「そのようなことはどうでもよいが」

「抱え屋敷の主は、長崎奉行を文化六年から文化十年まで務められた二千七百石村屋紀伊守伸道様にございました」

「村屋様な」

むろん小籐次は村屋なる元長崎奉行を知らなかった。

「上屋敷は神田明神下、といっても北に寄った伊勢亀山藩の石川様の上屋敷近くにございます。長崎奉行を務められた後、後職はなく寄合《よりあい》席にございますそうな」

「羽織の老人は村屋家の奉公人じゃな」

「用人の早川八郎平なる人物です」

「怪しげな剣術遣いどもを抱え屋敷に飼っておるか」

「へえ」

「親分、ご苦労であったな」

と改めて労《ねぎら》った。

真文二分判金の贋金が関わる大事件、それも元の長崎奉行が絡んでいるとなると、もはや町方の御用聞きが携わる話ではない。秀次親分の仕事は正体を突き止めるまでだ。

「あとは御城のお偉い様方がどう始末をつけなさるか、お手並み拝見にございますよ」

「これで年の瀬の一件はわれらの手を離れた」

「与力の五味様からの言伝にございます。こたびのことご苦労であった、われら町方も手がけられぬ事件ゆえ、手を引いてほしい、と」

「相分った」

と二人はしみじみと言い合った。

長崎奉行は大身旗本が望む職掌の一つだった。

任期は平均四年と短い。

そのうえ、複数の奉行が交代で江戸在府と長崎赴任を務めた。遠国奉行の中でも旗本の羨望の的になったのは、莫大《ばくだい》な収入だろう。

貞享《じようきよう》三年（一六八六）に二人体制から三人体制と変わり、二人は在勤で立山役所・西役所で執務し、一人は在府となった。また元禄二年（一六八九）以降、長崎奉行は諸大夫《しよだいぶ》に叙せられたために、千石以下の旗本は高千石の格式が与えられた。この千石が長崎奉行就任に伴う役料だ。

だが、長崎奉行になんとしても就きたい理由は、役料より役得にあった。

長崎奉行に就任すると、

「御調物《おしらべもの》」

の名目で長崎に入る唐人船、阿蘭陀《オランダ》船の輸入品の一定額を原価に近い値で先買いする特権を与えられ、京や大坂に送って高値で売りさばき、利益をあげていた。

また八朔《はつさく》（八月一日）に長崎の地役人、町人、商人から寸志の金品を、

「八朔銀」

の名目で受け取ることが許されていた。特に阿蘭陀商館から贈られる八朔銀は珍重すべきもので、高値で売れた。

その他に長崎警護に携わる筑前《ちくぜん》福岡藩、肥前佐賀藩から季節季節の贈り物が畳一畳敷きほどの台に載せられて届けられた。さらに薩摩、長州、肥後、大村、唐津、五島、久留米、柳川、小倉の西国諸藩から贈り物が届けられ、門前市をなし

たという。これらは幕府が認めた賂《まいない》同然の金品で、

「長崎奉行を務めれば三代金に窮せず」

と噂された。それだけに長崎奉行の猟官《りょうかん》は熾烈を極め、

「長崎奉行三千両、代官千両」

が相場とされた。

小普請《こぶしん》奉行から転じた村屋は、文化六年から文化十年まで長崎奉行を務めた。そのあと幕府の要職に就くものもいる。だが、村屋は前職の小普請奉行にも戻らず、無役の寄合席に編入されていた。

秀次がこんな話を小籐次にしてくれた。

「村屋様は未だ四十代半ば、働き盛りにございましてな。長崎奉行を解かれる以前から勘定奉行を狙って、長崎から幕閣の要所要所に付け届けを頻繁になされていたそうな。ですが、江戸に戻った後に役目に就くことはなかったそうです」

「なんぞ長崎であったかのう。いずれにしても難波橋の親分の出番はなくなった。贋金遣いの一味に、もし長崎奉行を務められていた方が絡んでいるとなると、公儀を揺るがす大騒ぎになろう。じゃが、親分、そなたは御役御免となった」

「この話、忘れることが一番にございましょうな」

と自問するように呟いた秀次が、

「待てよ、早川用人らは花御札を未だ赤目様が所持しておると信じておりましょう。お上からは御役御免でも、あちらが許さないのではございませんか」

「親分、わしだけが付け狙われると申すか。煩わしいではないか。なぜ年の瀬に貧乏くじを引かねばならぬ」

「それだけ赤目小籐次様の名は知られておりますからな。なんとのう、赤目様ならば何かやりかねないと用人が思い込んでいたとしたら、また待ち伏せがございましょうな」

「親分、南町奉行所の尻を叩いて、早く贋金遣いの一味を一網打尽にせよと言うてくれぬか」

「御用聞き風情にそれができると思われますか」

「まず無理かのう。となれば、約束の刻限には仕事に出よう」

二人は顔を見合わせた。

秀次が疲れ切った顔で小籐次の長屋を出たあと、勝五郎が顔を出した。

「どうなったえ」

「勝五郎どの。どうもこうも、親分もそれがしもこの一件から手を引くことになった」

「手を引くってどういうことだ。人ひとりが大勢の人の前で刺されて大川に投げ落とされたんだぜ、殺され損か。下手人はどうなったえ」

と上がり框にどすんと腰を下ろして、勝五郎が叫んだ。

「だれであれ、人が殺されていいわけもない。じゃがこの一件、お上がじきじきに乗り出されたのだ」

「お上って、難波橋の親分は南町から鑑札もらった親分じゃねえか。お上だろうが」

「勝五郎どの、南町奉行所だけでは負いきれぬ騒ぎということだ」

「だから、それがなんだい。酔いどれの旦那は承知なんだろうが」

「いささかの事情も聞かされておらぬ。秀次親分を通じて、南町の与力どのから、この一件、御城が受け継ぐゆえそう心得よと言伝をもろうた」

「なんてこった」

としばらく腕組みして考えていた勝五郎が、

「酔いどれの旦那、ほら蔵に探らせて後追いの読売を書くってのはどうだい」

勝五郎はなんとしても読売に仕立て上げたい執念を見せた。

「無理をすると、読売屋の空蔵も版木屋の番頭伊豆助も版木職人のそなたも番屋にしょっ引かれ、小伝馬町の牢に押し込められよう」

「そんな馬鹿な」

と勝五郎が小籐次の顔を見た。そして、そこに険しい表情の小籐次がいることに、

「こいつは触っちゃならない話かえ」

「御城のお偉い方のお手並みを黙って見守るしかあるまい」

「なんだか合点がいかねえな」

「勝五郎どの、この一件、忘れなされ。もはや文政二年も本日かぎりじゃぞ」

「それはそうだがよ」

「釜の蓋が開かぬか」

「正直いうと、この騒ぎでひと稼ぎしたかったんだよ」

小籐次は懐から財布を出すと、

「都合のよいとき、いつでも返してくれればよい」

と小粒四枚（一両）を勝五郎の手に押し付けた。昨夜、粗砥が割れたこともあって新しい砥石を購おうと用意していた金子だった。

「いいのかい。米屋に油屋なんぞが、昼過ぎにも顔を見せるんだ」

「長屋の暮らしは相身互いじゃぞ」

「助かった」

「その代わり、永代橋の一件は諦めよ。よいな」

分ったって、と返事をした勝五郎がようやく上がり框から腰を上げた。

小籐次はそれを見送ると、急いで差配の新兵衛の家に向った。このところ駿太郎を預けっぱなしだった。

「お麻さん、真に相すまぬ」

と玄関から声をかけると、大晦日だというのに襖が閉《た》て込められて家の中がしーんとしていた。

「どうなされた」

襖が開いて、お麻が顔を出した。

「お父つぁんが熱を出したの。風邪を引いたみたいです」

「寝ておられるか」

「ええ、うちのがお夕と駿太郎さんを連れて、雪庵先生のところに薬をもらいにいっているところです」

「年の瀬にいささか厄介じゃな」

「黙って寝ていてくれれば楽なんですけど」

とお麻が言った途端、

「一つとや、人のしゃくり切らりょうか、治ろうか。骨身になっても切れやせん、この奴凧《やっこだこ》。二つとや、ふたするように隠せども」

と歌い出した新兵衛に、

「お父つぁん、歌はいいの。静かに寝ていて」

と言うところに、桂三郎に連れられたお夕と駿太郎が戻ってきた。

「爺じい、新兵衛爺ちゃん、おかしい」

「熱が出たでな」

と駿太郎に答えた小籐次が、

「知らぬこととは申せ、相すまぬことでござった」

「なんのことです」

「桂三郎さん、むろん駿太郎のことじゃ」

と答えながら、ふと思い付いた。

「新兵衛さんの風邪が移ってならぬのは、お夕ちゃんと駿太郎じゃ。わしが仕事に伴おうか。どうじゃな」

桂三郎とお麻の顔を交互に見た。

「私もそのことを案じていたんです」

「ならば今晩から当分、うちの長屋にお夕ちゃんを預かろう。どうじゃ、お夕ちゃん」

「私はいいけど、お父つぁんやおっ母さんは風邪が移らないの」

「大人はな、大丈夫なのだ」

桂三郎がお夕を安心させ、小籐次が、

「本日は浅草駒形堂近くの備前屋さんに、年末の挨拶代わりに研ぎにいこうと思う。お夕ちゃん、ひと仕事すんだら浅草寺《せんそうじ》にお参りせぬか。どうだな」

「私、行くわ」

とお夕が元気よく答えて、慌ただしく仕度に入った。

金龍山浅草寺御用達の畳職備前屋では、職人衆総出で仕事をしていた。

「おっ、ちょうどいいところに来た。酔いどれ様、少しばかり手伝っていってくれないか」

と半ば隠居の梅五郎親方も、今日ばかりは昔取った杵柄《きねづか》のねじり鉢巻きで畳と格闘していた。額にうっすらと汗が光って見えるほどだ。

「親方も本日は手伝いにござるか」

「やっぱり、こんなときは年季がものをいうよ」

梅五郎が答えると、隣から倅の神太郎が、

「たしかに、口はたっぷりと年季が入っているよ」

と応じた。そのとき、

「あら、駿ちゃん、来たの」

と神太郎の女房のおふさが顔を出して、

「今日はどこぞのお姉さんと一緒なの」

と訊き、

「お夕姉ちゃんだよ」

と駿太郎が答えたものだ。

「おかみさん、わが長屋の差配さんの孫娘じゃが、爺様の新兵衛さんが熱を出したので、お夕ちゃんに移ってもならじと外に連れ出した次第じゃ」

「お夕ちゃんのおっ母さんも年の瀬に大変ね」

と応じると、

「お夕ちゃん、駿ちゃん、奥にいらっしゃい」

と二人を備前屋の奥へと連れていった。

「酔いどれの旦那、本日はうちが打ち止めか」

「こちらの後で須崎村に挨拶に参ろうと思う」

「ならばさ、八つ時分まで手伝ってくれないか」

「二刻半もあれば、こちらの道具でも一通りの手入れはできよう」

小籐次は急いで店の土間の片隅に研ぎ場を作り、仕事を始めた。次々に持ってこられる刃物をその用途に合わせて、微妙な調整をつけながら研いでいった。

一刻ほど研ぎに集中したせいで、職人衆が小籐次のもとに道具を持ってくる間が開いた。そこで小籐次はこれまで溜《た》まっていた道具に手をつけた。

「赤目様よ、昼の刻限だ」

梅五郎に言われて、九つだと気付かされた。

店の前では大八車に藺草《いぐさ》の香りが漂う畳が積まれて、どこかの大店に運ばれていった。

「お蔭さまで捗《はかど》ったぜ。これで今年の暮れも乗り切れそうだ」

「いや、昨日のことですがね。浅草寺の畳替えも無事に終わらせましたで、残りはご町内の得意先ばかりだ。それも今晩五つ前には終わらせるよ」

「ならばよいが」

「よかった」

「赤目様、今年はどんな年でしたな。川向こうの三河蔦屋の大旦那と成田山に行ったりと、多忙を極めていたな。再来年は出開帳じゃそうな、深川界隈が賑わうぜ。となると、酔いどれ様の出番も増えるってわけだ」

「出開帳がなくとも、あれこれと忙しい年であった。そのせいか、長いような短いような一年でござった。来年こそは、もそっとゆったり、日々の移ろいを感じながら生きたいものじゃ」

「日々の移ろいな。そんな風流が許されるかねえ。酔いどれ様はあちらこちらから頼りにされておるで、それじゃ済むまいよ」

梅五郎が苦笑いしたところに、備前屋の女衆が煮込みうどんと握りめしを運んできて、

「ささっ、昼餉ですよ。除夜の鐘までにもうひと頑張りして下さいな」

と声を張り上げた。

「今年は赤目様の手伝いがあったんだ、五つには仕事仕舞いにするぜ。それでよ、除夜の鐘は酒を飲みながら聞くでな、最後のひと頑張りをしてくんな」
と梅五郎が宣言し、
わあっ！
と職人衆から喜びの声が上がった。

三

小籐次の小舟に三人の女と駿太郎が同乗して、大川をゆったりと下っていった。

三人の女とは、お夕におりょうにあいだ。

備前屋の道具の手入れを粗方片付けて暇を乞う小籐次に、梅五郎が、

「赤目様、今年も世話になりましたな。来年もよろしくお付き合いの程を」

と年の瀬の挨拶をして、紙に包んだ研ぎ代をくれた。渡された包みを掌に載せた小籐次が、

「親方、研ぎ代にしてはいささか多いようじゃが」

「数多《あまた》の得意先の中から、大晦日に天下の酔いどれ様が備前屋と付き合ってくれ

たんですぜ」

と梅五郎が鷹揚に笑った。

「お言葉に甘えて頂戴しよう。昨夜、粗砥を割ってな、これで年が明けたら新たな砥石を購うことができる」

と小籐次が嬉しそうに笑った。

「これから須崎村ですかい」

「年末の挨拶じゃ」

「挨拶だけで済むかね」

という梅五郎の言葉に送られてお夕と駿太郎を伴い、須崎村の望外川荘に向った。

「赤目様、須崎村には北村おりょう様がおられるのですよね」

とお夕が興味深げな顔で問うた。

「いかにもさよう。お夕ちゃんはおりょう様に会うたことはないか」

「うちのおっ母さんは長屋に見えたおりょう様をちらりと見たことがあるそうだけど、私は知らないの。きれいなお方とおっ母さんが言ってたわ」

「なにっ、お麻さんがそう申されておったか」

小籐次は自分が褒められたように相好《そうごう》を崩した。

「駿太郎ちゃん、おりょう様はきれいなお方なのよね」

「おりょう様、いい匂い」

お夕に水を向けられた駿太郎が答えた。

「いい匂いな」

他愛もないことを言い合いながら須崎村望外川荘の船着場に小舟を着け、竹林を抜けて望外川荘を訪ねた。すると、おりょうがあいに手伝わせて縁側で正月の花を活けていた。

「あら、駿太郎様、ようよう姿を見せて頂けましたね」

おりょうが笑いかけた。

「おりょう様、お夕姉ちゃんときた」

と駿太郎がお夕を幼い口で紹介した。

「お夕さんは新兵衛様のお孫さんでしたね。よう参られました」

とおりょうがお夕に話しかけた。

お夕がおりょうの顔をちらりと見て、真っ赤な顔をした。

「どうしたな、お夕ちゃん」

と小籐次が訊くと、

「赤目様、おっ母さんが言ったことに間違いないわ」

と小声で言った。

「おや、お麻さんがなんと申されましたか」

おりょうがお夕に問うた。

「おりょう様はきれいなお方だって。それにしても、うちのおっ母さんの名を知っておられるのですか」

「お夕さん、赤目様がお世話になる方なら、どなたのこともりょうは知りとうございます」

「驚いたぞ」

と小籐次がおりょうを見た。

「お夕さんになんぞお礼を差し上げたいけど」

おりょうが考え込むのを見て、小籐次は思い付いた。

「おりょう様、われら、これから浅草寺に詣でて年越しの蕎麦など食そうと考えておるのですが、一緒にいかがでござるか」

「赤目様のお誘いなど滅多にございません。参りますとも」

「あいさんもどうじゃな」

あいは高輪《たかなわ》の薬種問屋の娘で、水野家に行儀見習いに入っていた。おりょうと小籐次に同道して、鎌倉にも行ったことがあった。それを、おりょうが独立するときに水野家やあいの実家と話し合い、望外川荘に譲り受けたのだ。あいはおりょうのもとで女ひと通りの教養と礼儀を仕込まれ、素直な娘に育っていた。

「あいです。お夕さん、よろしくね」

「夕です。こちらこそ」

と年はあいがだいぶ上だが、長屋育ちのお夕ともすぐに打ち解ける様子をみせた。

「それはよい考えで。赤目様、少しお待ち頂けますか」

おりょうはおじげを呼ぶと生け花の後片付けを願い、あいを伴い、居間に下がった。しばらくして姿を見せたこの屋敷の女主の姿に、

「あら、おりょう様が」

とお夕が驚きの声を上げた。

年の瀬の浅草寺に詣でることを考えた仕度か、花柄の小袖《こそで》を着たおりょうは大店の若い内儀のように変身し、あいも町娘の体に装われていた。

「赤目様、なんぞおかしゅうございますか」

「いやなに、おりょう様はなにを召されてもお似合いじゃと思うたまでにござる」

「赤目様、どこでそのような世辞を覚えられました」

「それがし、おりょう様のことで、虚言や世辞は決して申さぬことにしておる」

「それは嬉しいお言葉にございます。ならば浅草で馳走になりましょう」

小籐次は研ぎ舟に乗せていた道具を一旦船着場に下ろし、小籐次を含めた五人を乗せた小舟は瞬く間に吾妻橋の船着場に到着した。

小籐次がまず舫い綱で小舟を止め、自ら先に上がると、女たちの手を取って船着場に上げた。駿太郎は慣れたもので、小舟から船着場に独りで這い上がってきた。

「除夜の鐘にはまだだいぶ刻限があるが、年の内に寺詣でをなさるお方も大勢おられよう。人込みで紛れぬように、手をつないでいくのじゃぞ」

小籐次が注意して吾妻橋の西詰めに五人は上がった。

大晦日の光が淡くあった。

広小路界隈では新年を迎える清掃が行われたか、飾られた松飾りに清々しい感じがあった。

「赤目様、人出は思うたほどではございませんね」

おりょうが小籐次と肩を並べ、その前に駿太郎を真ん中にお夕とあいが手をつないでいく。

「まずは金龍山浅草寺に、本年無事に過ごせたお礼にお参り致そうか」

という小籐次の言葉で、五人は広小路へと進んだ。すると、どこからともなく賑やかな人いきれが押し寄せてきた。

浅草寺の境内《けいだい》ではあちらこちらで、年始詣での迎えの仕度が行われている気配だ。

五人が行く通りの左手は浅草寺寺領の茶屋町だ。反対の右手には、浅草寺寺中の子院があった。

「爺じい」

と駿太郎が声を張り上げたのは、風雷神門に鳶《とび》の衆が群がり、青竹の先に葉を残した道具で、すす払いをなす光景が見られたからだ。駿太郎はそれがおもしろいらしい。

「鬼がくすぐられておるぞ、爺じい」

「駿太郎様、鬼ではございませんよ。雷様《らいさま》ですよ」

とあいが駿太郎に教えた。

「らい様とは鬼とちがうか」

「風雷神と申して、かみなり様のことです」

とあいが駿太郎にさらに説明した。

「そうか、この人がかみなり様か」

駿太郎があいとお夕の手を放すと、両手で自分のへそを押さえた。

「おうおう、せいぜいへそを取られぬようにさっさと歩くのじゃぞ、駿太郎。それにしてもあいさんは物事をよう存じておられる。おりょう様の教えかのう」

「赤目様、婆様に連れられて毎年四万六千日にお参り致しましたから、婆様の言葉が耳に残っております」

あいは高輪の大店の娘だった。

「婆様は息災かな」

「赤目様、婆様が亡くなった年に水野家に行儀見習いに出ました」

「ならば、浅草寺に婆様の供養も願おうか」

通称雷門から仁王門を結ぶ参道には、浅草寺の門前町として境内商人が店を出すことを許されていた。

いわゆる仲見世である。元禄年間（一六八八〜一七〇四）に浅草寺境内の掃除賦役《ぶやく》を課せられていた人々に寺が出店の許しを与えたのが、仲見世の始まりだった。

浅草広小路と仁王門の中間に位置したので仲見世と呼びならわされるようになったとか。これらの店は掛見世と称される簡単な造りで、商いのみに利用され、住まいすることは許されなかった。

だが、本日は大晦日、どの店も正月に向けての掃除や商いの仕度に忙しかった。

これら掛見世の地代は隣接する浅草寺の子院に納められた。

文政年間（一八一八〜三〇）には掛見世も、寺に関わりのある御数珠《おじゆず》誂《あつらえ》商の和泉屋長十郎、越中屋宗五郎、名物浅草餅を売る桔梗屋《ききようや》安兵衛など代々の見世が多かった。

「爺じい、餅を食いたい」

「駿太郎、まずは本堂にお参りしてからじゃぞ」

小籐次に諫《いさ》められた駿太郎が再びあいとお夕に手を取られて、参道を進み始めた。

仲見世を奥に進むと、だんだんと人が多くなった。在所から出てきて江戸で年を越す人々や、正月の間に稼ぎをなす土地の人たちが、年内に寺参りをしておこうと出てきたのだろう。

「よいな。しっかりと手をつないでいくのじゃぞ」

小籐次の言葉にあいとお夕が頷き、線香の煙が漂う大香炉の前まできた。

「駿太郎様、頭にお線香の煙をかけてあげるわ」

あいが手で煙を掬《すく》い、駿太郎の頭を撫でるようにつけた。

「くさいぞ」

「我慢するの。来年も病気一つせずに過ごすことができるのよ」

あいが駿太郎の頭に煙をかけて、一行も自らの手で全身に煙をかけた。さらにここから本堂までの人込みがすごかった。それでも三が日の人出には比較するほどではない。

駿太郎も二人の娘に手を取られて、なんとか本堂前の大賽銭箱《さいせんばこ》の前まで進み、それぞれが思い思いの願いを胸中で唱えて本堂横へと回った。すると、ようやく前後に隙間ができて、回廊から境内が見通せるようになった。

広い境内には露天商がそれぞれの場所を占めて、明日からの正月の商いの仕度に余念がない。

「赤目様、年越しの蕎麦にはいささか刻限が早うございましょう」

「なんぞ他に回るところがござるかな」

「異を唱えるわけではございませんが、お夕さんやあい、駿太郎様には蕎麦より も甘味かと存じます」

「おお、それは気付かなんだ。あいさん、お夕ちゃん、蕎麦より甘いものがよい か」

「爺じい、駿太郎も甘いものがいい」

駿太郎の言葉に娘二人もにっこりと微笑んだ。

「いかにもそうであろう。女子供にはなにより甘い食べ物がよかろうな」

と応じた小籐次が、

「おりょう様、この界隈の甘味屋をご存じでござるか」

「はて困りました。私も浅草は馴染みではございませぬ。どなたか土地の方にお 尋ね致しましょうか」

おりょうが困惑の体で小籐次を見た。

「おりょう様、われらは浅草案内を一人従えておるのではございませんかな」

と小籐次があいを見た。

「あい、そなたのお婆様は甘味屋を教えられましたか」

「はい、おりょう様。お婆様はこの界隈の川魚料理屋から甘味処まで十一のお店をあいに伝えてあの世に逝かれました」

「そなたのお婆様をりょうも見習いたいものですね。さて、あい、どちらに私どもを伴うてくれますか」

とおりょうが嫣然《えんぜん》と微笑みながらあいに尋ねた。

「浅草寺の代官屋敷の近くにある甘味処すずしろは、汁粉が名物にございます」

「汁粉とはどのようなものですか、あいさん」

長屋育ちのお夕が訊いた。

「お夕ちゃん、すずしろの汁粉は小豆《あずき》のしぼり粉たっぷりに砂糖を加えて、ほどよく煮るの。その中にのし餅を短冊に切って焼いたものが三つも入っていて、香ばしくて美味《おい》しいわ」

とあいがたちどころに説明した。

「あい、それはなんとも美味しそうな。ぜひ案内して下さいな。赤目様、ようございましょう」

とおりょうが小籐次に願った。

「酔いどれ小籐次とは申せ、甘いものをまったく食さぬというわけではございませんぞ。おりょう様をはじめ、甘味党の四人に抗《あらが》うことができましょうか。あいさん、案内を願おうか」

小籐次の言葉にあいが張り切り、回廊から本堂の西側に下りた。できるだけ人込みを避けながら、伝法院の門前へと案内していった。

参詣《さんけい》の人々の姿は減ったが、参道の裏手では鳶の衆や露天商いの男女が忙しなく立ち働いていた。

刻限は七つ（午後四時）近くか。そろそろ陽が傾き始めていた。

「野郎、逃がすんじゃゃねえ！」

という叫び声が上がった。

だだだっ
と狭い露店の間で騒ぎが起こった。

半纏《はんてん》を裏返しに着た男が小籐次ら一行へと走ってきた。

「端に寄りなされ」

小籐次はお夕とあいと駿太郎を、露店と露店の間の隙間に押し込もうとした。

だが、三人が入るにしても狭い空間だった。

「おりょう様、それがしの後ろに」

と最後に小籐次がおりょうを背後に回して庇《かば》ったとき、走り来た半纏の男がひょいっと狭い通りから隣りの露店の背後に姿を消し、姿勢を低くして隠れた。

「囲め、囲め。取り逃がすんじゃねえ！」

兄貴分か、追跡者を指揮する男も逃走者を冷静に追い詰めようとしていた。

あっ

あいが悲鳴を上げた。

小籐次は、露店がひしめき合う地べたを這い回る半纏の男があいの側《そば》をかすめ過ぎていくのを見た。

「あいさん、怪我などないか」

小籐次の問いにあいが、

「突然、足元に黒い影が近寄ったのでびっくりしただけです。大丈夫です、赤目様、おりょう様」

よかった、とおりょうが答えるところに、殺気立った男たちが姿を見せた。

「爺さん、こっちに男が逃げてこなかったか」

「足元をかすめて行ったな」

「どっちに逃げた、爺」

「爺さんから爺に格落ちか。いささか心外な話じゃな」

「爺、がたがたぬかすとしょっ引くぞ」

と男の一人が言った。

どうやら寺社方支配下の御用聞きの手先か。

「女子供連れの人間をしょっ引くと申すか」

「てめえ、寺社方同心岩佐泰之進様の御用を務める者に逆らって、この境内で商いができると思ってやがるか」

うす暗がりだ、相手は露天商か見世物一座の関わりの者と勘違いしていた。

「野郎の仲間か」

露店の背後から渋い声がした。

「いえ、なんとも言えませんが、御用の邪魔をしやがるんで」

「引きずりだせ。仲間かもしれねえ」

と声がした。

「引きずりだされても敵《かな》わぬ。われらから明るいところに出ようか」

と小籐次が先頭に立ち、露店の間の空き地に出た。そこでは陽が残っていたし、かがり火の仕度が始まっていたので明るかった。

「そやつらか」

と言った御用聞き風の男がおりょうを見て言葉を失った。

「助次、見世物小屋にこんな美形がいたか」

「陰間《かげま》じゃありませんか」

と手下が答えて、初めておりょうの顔を灯りのもとで見て息を呑んだ。

「そのほうら、われらを奥山の芸人一家と間違えたか。こちらのお方は須崎村に居を構えておられる女性《にょしょう》じゃ。これ以上の礼儀知らずは許さぬぞ」

「なんだと、てめえはだれに向って口を利いてやがると思ってんだ。金龍山界隈を縄張りにする馬道《うまみち》の五郎蔵親分だぜ。爺め、女ともども浅草寺の番屋にしょっ引くぞ」

と助次がおなじみの文句を重ねた。

「そんな脅し文句は通じないわ」

と言い放ったのはお夕だ。

「なんだと、小娘が」

「最前から爺と呼んでいる方が、だれか知っているの」

「なにっ」

　と助次が小籐次を睨んだ。

「ただの耄碌《もうろく》爺じゃねえか」

　と助次が応じたとき、

「助次、相手が悪い」

　と馬道の五郎蔵が言った。

「親分、相手が悪いってだれですね」

「御鑓拝借、小金井橋十三人斬りの赤目小籐次だ」

　親分の言葉に助次がごくりと唾を呑み込んだ。

「助次、それより野郎を取り逃がすな」

　と五郎蔵が言い、それでも小籐次にぺこりと頭を下げて、その場から消えた。

四

　甘味処すずしろは、正月を控えた浅草寺の境内の一角にあるとも思えぬほど、狭いながら閑静な庭に面していて落ち着けた。

ふだんは甘味など縁のない小籐次だが、すずしろの汁粉はなんとも上品な甘さで、焼いたのし餅が香ばしかった。

「あいさん、これはよいところを教えてもろうた。そなたのお婆様に感謝をせねばなるまいな」

「ほんに赤目様のおっしゃるとおりです、あい」

小籐次とおりょうに礼を言われたあいが嬉しそうに微笑んだ。

「お婆様もあの世で喜んでおりましょう」

頷いた小籐次が立ち上がり、

「おりょう様、そろそろ参りましょうかな。お夕ちゃんにはこのところ遅くまで付き合うてもらい、お麻さんに心配をかけておるでな」

と言うと帳場に支払いに行った。

甘味処すずしろを出ると、すでに夕闇が訪れていた。その分、境内の人出は少なくなっていた。一方、雷門から浅草広小路に出ると、掛取りに走り回るお店の番頭や手代の数が増え、なんとなく町中に押し詰まった気配が満ちていた。

「おりょう様、今年もとうとう押し詰まりましたな」

「赤目様にはご面倒をおかけ致しました」

「なにほどのことがござろう」

「りょうは幸せ者にございます」

小籐次の手をおりょうが握った。

「すべておりょう様が招き寄せられた運にございます。それがしは下働きに走り回ったに過ぎませぬ」

「いえ、赤目様にしかできぬことでございました」

「それがし、おりょう様の役に立つことなれば、常々この身を投げ出すと申しておりまする。その言葉に偽りはございませぬ。それよりなにより、おりょう様の手伝いができるのであれば、これ以上の喜びはございませぬ」

小籐次は正直な気持ちを吐露した。

「赤目様、来年も宜しゅうお付き合いのほど願います」

「こちらこそ」

と小籐次が受けたとき、吾妻橋際の船着場を見下ろす河岸道に辿り着いていた。

南に向う浅草御蔵前通りが長く延びていた。その道中にも掛取りに走り回る奉公人たちの姿があった。

小籐次の目の端に影が過《よぎ》った。

小籐次は無意識のうちに備中次直の柄に手をおき、前に出た。

「おっと、そいつを抜かないで下さいましな。赤目小籐次様に首を刎《は》ねられたくはございませんや」

「そなたは」

「最前、そちらの娘さんを怯《おび》えさせた者にございます」

「そなた、馬道の五郎蔵親分の手から逃げ回っていた者か」

「へえ、いかにもさようでございます」

と応じた男は縞物の着流しで町人の形をしていた。

だが、小籐次はなんとなく侍の変装ではないかと思った。あまりにも男の態度が落ち着きはらっており、左の肩が幾分下がっていたからだ。つまりは、普段大小を差している影響が体付きに窺えた。

「馬道の五郎蔵とは初めて会うたが、一癖も二癖もありそうな御用聞きに思えた。そなた、五郎蔵のふぐりでも摑んだか」

ふっふっふ

と男が笑い、

「いえね、赤目様ゆえ申し上げます。五郎蔵の旦那の、寺社方同心岩佐泰之進という御仁のふぐりを摑んだというのが正直なところでございましょうね。むろん岩佐が水に落ちれば一蓮托生《いちれんたくしょう》、五郎蔵も一緒に泥水に沈み込むことになる」

「ふーん」

と小籐次が鼻で返事をした。

この者、寺社奉行付きの密偵か、と小籐次は考えた。

諸国の社寺および社寺領の住人や神官・僧侶、楽人《がくにん》、連歌師、陰陽師《おんみょうじ》、古筆見《こひつみ》、碁・将棋所の類を支配し、訴えがあれば裁くのが寺社奉行だ。

御奏者番が兼任して、定員は四人、月番を定めて勤務した。

幕藩体制の三奉行の中、旗本から選ばれる町奉行、勘定奉行と異なり、寺社奉行は大名から選ばれたので、城中での位は町奉行、勘定奉行の上座を占めた。

そこでこの男、寺社奉行に所属し、そこの役人の不正を暴く役ではないかと、小籐次は勝手に推量したのだ。だが、それ以上のことは小籐次も分らない。

「そなた、あいさんを驚かせた詫びに参ったか」

「赤目様、あんとき、ちょいとへまをやらかしましてね、五郎蔵の手に追い詰められておりました。逃げ場所を失ったわっしは死を覚悟して、こちらのお嬢様の袂に、命より大事なものを預けたんでございますよ。そいつをお返し頂こうと参じました」

「なにっ、あいさんの袂に預けたものがあるとな。右の袂か、左の袂か」

未だ名乗らぬ男がしばし考えた後、

「あいさんの左の袂にございますよ」

と言い切った。

「あい、袂になんぞ入っておりますか」

おりょうの言葉にあいが袂を探った。

「これかしら」

あいが取り出したのは、薄紙を丸めた御神籤《おみくじ》のようなものだった。

「へえ、あいさん、いかにもそいつでございます」

と男が手を差し出したとき、人込みの中から、

「見つけたぜ！」

という声が上がった。

「しまった」

男と小籐次が同時に声のしたほうを振り返った。

馬道の五郎蔵の手先たちがこちらを睨み、一人が呼子を大晦日の宵の空に向って吹いた。

「一難去ってまた一難か」

小籐次が呟き、

「おりょう様、船着場におりて下され」

と願った。

「あい、お夕さん、駿太郎様、参りますよ」

とおりょうが河岸道から船着場におりた。

「くそっ」

と男が吐き捨てた。

小籐次の目に、人込みを分けて馬道の五郎蔵親分と黒羽織、袴の武士の姿が見えた。

「あやつが寺社方同心岩佐泰之進か」

「へえっ」

「どうする。逃げ場を失うたな」

「赤目様、窮鳥懐に入れば猟師も殺さずと申しますな」

「助けよ、と申すか。わしは女子供連れじゃぞ」

「そうでしたな」

と男が迷った表情を見せた。

「赤目様、舟の仕度ができました」

とおりょうの呼ぶ声がして、岩佐らが人込みの浅草御蔵前通りを過ってこちらに迫ってきた。

「致し方ない。参れ」

小籐次は男を誘《いざな》うと、石段を駆け下った。そして、

（小舟に大人四人子供二人の六人か。喫水が上がってぎりぎりじゃな）

と考えていた。

小籐次が艫に飛び乗り、男も乗って、棹で船着場の杭をぐいっと押して流れに出した。

小籐次は櫓を握ると、漕ぎ始めた。

（どうしたものか）

しばし考えた小籐次は、

（望外川荘に戻るのが一番）

と考え、小舟の舳先を対岸の源森川《げんもり》との合流部に向けた。ともかく小籐次は小舟を揺らさぬように櫓を操り、闇に紛れようとした。

男は吾妻橋の船着場を見ていたが、

「くそっ、追ってきやがる」

と呟いた。

「そなた、名はなにか」

「へえ、保蔵にございます」

「本名を尋ねておる。そなた、寺社奉行支配下の密偵であろうが」

「赤目様、保蔵でお付き合い願えませぬか」

「年の瀬に、それも女子供連れを危機に陥らせておいて、都合のよいことを申すな」

「いえね、これ以上赤目様方に迷惑がかからぬようにと考えたのでございますよ」

「もう遅いわ」

しばし男から返答はなかった。

男の目は吾妻橋の船着場を見ていたが、舌打ちをした。

二艘の船が小籐次の小舟を追跡してきたからだ。

小籐次は大川右岸の吾妻橋際から左岸の源森川に入れて闇に紛れ、遠回りだが、小梅村の堀伝いに望外川荘に戻ろうと考えていた。

「それがし、寺社奉行松平右近将監《うこんのじょう》武厚様の密偵、九条保次郎にござる」

と突然、相手が名乗った。

「相分った、保蔵さん」

と小籐次が応じて、

「あいさんや、預かり物を保蔵さんにお返しなされ」

と命じた。

あいの手にあった薄紙の御神籤のようなものが、保蔵こと九条保次郎の手に戻った。

「かたじけのうござった」

小籐次はなんとか小舟を源森川に突っ込ませた。

追跡してくる二艘の船に宵闇の中で見えたかどうか、小籐次は七、八町、源森川を漕ぎ上がり、小梅瓦町《かわらまち》を回り込むと、小梅村から須崎村に張り巡らされた狭い水路を伝った。

望外川荘を手に入れる前に、この界隈を調べ尽くした小籐次ならではの荒業だ。

女主のおりょうが住まいするという、その用心が役に立った。

「赤目様、かような水路で望外川荘に戻ることができるのですか」

おりょうが驚きの声を上げた。

「それがしの身元は馬道の五郎蔵に知られておりますでな、用心を致しました」

須崎村の湧水池の東側に出た。

小籐次は望外川荘の船着場に小舟を舫うと、

「お夕ちゃん、いささか予定を変えざるをえなくなった」

と話しかけた。

「どうするの、赤目様」

「今宵、われら、望外川荘に滞在し、あやつらの出方を窺おう。おっ母さんには使いを出して、こちらに泊まらざるをえなくなった理由《わけ》を伝え、安心してもらうでな、心配せずともよいぞ。年の瀬にかようなことに相成り、すまぬ」

「私は全然構わないわ。だって爺ちゃんが風邪で寝込んでて、今晩は赤目様の長屋に泊めてもらうつもりだったんですもの。それが思いがけず望外川荘泊まりだなんて、ちょっと面白いわ」

とお夕は小籐次に平然と応じたものだ。そのお夕に頷き返した小籐次は、

「おりょう様、今宵、われら三人、望外川荘に居させてもろうてようございますか」

と断わった。

「常々申しておりまする。望外川荘の真の主は赤目様にございます。なんの遠慮が要りましょう」

「そうさせてもらおうか」

小籐次が気にかけたのは、おりょうらに危険が降りかかることだった。小籐次らの様子と会話を聞いていた九条保次郎が、

「赤目様、おりょう様、多々迷惑をおかけ申して詫びようもございませぬ。それがしも今宵こちらに滞在し、岩佐方の動静を窺います。朝になれば、ひとまず安心にございますれば」

「九条どの、命以上に大事なものを、そなたの主の松平武厚様に届けることが先ではないか。その中に岩佐方の不正が記してあるのであれば、寺社奉行が即刻に動いて岩佐方一味が捕縛されようからな。となれば、われらは安心して正月を過ごせるというもの」

「恐れ入ります、赤目様。普段ならば一刻も早くこの書付を松平の殿様に届ければ事は済みまする。ですが、今宵は大晦日、明日は正月にございます」

「それがどうしたのじゃ」

「寺社奉行の松平様は、明日元日卯《う》の半刻《こく》(午前七時)の登城にて、三が日は会うことすら適いません」

あっ、と小さな驚きの声を洩らした小籐次は、寺社奉行が幕府の重役《おもやく》ということを気付かされた。

「そなた、われらと同じく望外川荘で正月を過ごすつもりか」

「ご迷惑は重々承知にございますが、なんとも他に考え付きませぬ。おりょう様、どうか、納屋の隅にでも居させて下され」

「命をかけて御用を務められる寺社方お役人を、納屋に泊まらせることができましょうか」

と即座に応じたおりょうが、

「赤目様、まずお夕ちゃんの親御様に使いを立てて事情を話さねばなりますまい。屋敷に戻り、早々に百助を使いに立てましょう」

と言うおりょうを先頭に小舟を下りた一行は、竹林を抜け、望外川荘の泉水の縁に出た。

この泉水と船着場のある湧水池は小川で結ばれていた。

「なかなかの御寮にございますな。どなたかの下屋敷にございますか」

「そなた、最前からのわれらの話を聞かなかったのか。こちらは、江戸の歌壇に打って出られる北村おりょう様の住まいにして芽柳一派の創作の拠点じゃぞ。ゆえに、奉公人は女二人の他に百助と申す老爺しかおらぬ」

「赤目様が泊まると申されたのは用心のためですね」

「いかにもさよう。九条どの、岩佐某なる寺社方同心は、この年末年始にもそなたの行方を執拗に追跡するような輩《やから》か」

「岩佐も命がかかっております。もしこの望外川荘にそれがしが逃げ込んだと知れば、大晦日正月に拘《かか》わらず、襲いきましょう」

「そうと知れれば、最前おりょう様が約束された望外川荘の逗留《とうりゅう》、考え直さねばなるまい。九条どの、悪いが、おりょう様を始め、娘子供の命に関わることじゃ。そなた、この望外川荘から出ていってくれぬか」

小籐次の提案に驚きの声を上げたのはおりょうだ。

「赤目様、それは」

とおりょうが異を唱えた。

「おりょう様方のお命が脅かされる話にございますぞ」

と小籐次が告げたとき、一行は泉水に突き出た離れ屋の傍らを抜け、望外川荘の母屋玄関に戻り着いていた。

「おしげ、ただ今戻りました」

おりょうが玄関先から帰宅を告げた。すると、おしげが姿を見せて、

「おや、赤目様方もおりょう様を送って参られましたか」

と尋ね返したものだ。

「おしげ、いささか火急の事情が生じて、赤目様を始めこの方々が三が日望外川荘に逗留なされます」

「それは賑やかなことで」

とおしげは動じない。

小籐次は母屋裏の別棟に行くと、戸を開いて百助を呼んだ。百助はこれから一杯やる様子だった。

「おや、赤目様、また来られたか」

「百助さん、火急の用事を願う。今から芝口橋際の久慈屋を訪ねて、これから述

べる口上を伝えてもらいたい。芝口橋際の久慈屋ならばまず見落とすこともあるまい。それに今宵は大晦日、夜半過ぎまで起きておられるでな。またこの話、お夕ちゃんの両親と難波橋の秀次親分に伝えてくれと大番頭の観右衛門どのに言うのを決して忘れてはならぬぞ」

と懇切に事情を言い聞かせ、さらに、

「まず徒歩《かち》で横川に参り、猪牙舟を探しなされ。今宵は大晦、必ずや猪牙は往来しているゆえ、酒代を惜しんではならぬ」

と百助に船賃と酒代を渡した。

第四章　新春初手柄

一

小籐次が母屋に戻ってみると、居間に全員が集まり、九条保次郎があいやお夕や駿太郎を前に、声色を交えて昔話をしていた。

「寺社奉行の密偵どのはなかなかの芸達者じゃな」

「赤目様、そう申されますな。それがし、この数日、生きた心地がしていませんでしたが、赤目様と知り合い、なにやら気が抜けました。一旦死を覚悟した九条保次郎、未だ運があったとみゆる。江戸の中でこれほど安全な場所はございませんからな」

と悠然と笑った。すると、おりょうまでが、

「ほっほっほ」

と笑い声を上げて、

「文政二年の大晦日、思いがけなくも賑やかな年越しになりました。おしげが年越し蕎麦と酒を運んで参りますので、赤目様、九条様、暫時《ざんじ》お待ち下さいませ」

と願ったものだ。

金龍山浅草寺の鐘の音が大川を渡り、百八つの煩悩を拭い去るように鳴りはじめた。

最前まであいもお夕も駿太郎までもが除夜の鐘を聞くと頑張っていた。だが、まず駿太郎が眠りに落ち、続いてお夕、あいの順で睡魔に勝てず、床に就いた。

そのあと、望外川荘の居間では、この屋敷の女主人のおりょうと小籐次と九条保次郎が静かに酒を酌《さ》み交わしながら、話を始めていた。

寺社奉行付きの吟味物調役の九条保次郎に誘いかけたのは小籐次だ。

「九条どの、そろそろ、そなたが馬道の五郎蔵らの手に堕ちようとした経緯を話してもらおうか」

首肯した九条が話を始めた。

「寺社方同心岩佐泰之進は、先の寺社奉行安部吉成様の吟味物調役岡田銀蔵どのに可愛がられ、その手先を長年務めてきたものにございます。安部様が文化七年（一八一〇）に寺社奉行を辞されたあとも浅草寺地中三十四ヶ院貸地町屋に隠然たる力を発揮してきた同心です。いえ、一介の同心風情がそう力を振るえるわけもございません。ですが、ただ今も背後に岡田銀蔵どのが控えておられる。この岡田どのの知恵にございましょうが、寺社奉行にそれなりの賂を届けて、いかにも現役の寺社奉行方が岩佐の行動を黙認しているように思わせている。当代の寺社奉行方は事情が分らぬなりにかなりの金子を受け取っておられます。ゆえに、松平武厚様もこたびの取り締まりにはそれなりの覚悟で臨まれたのでございます」

寺社奉行は四人制ゆえ、松平武厚の他、残る三人は、松平康任《やすとう》（石見《いわみ》浜田藩主）、水野忠邦（遠江《とおとうみ》浜松藩主）、そして、松平宗発《むねあきら》（丹後宮津藩主）だ。

小籐次とおりょうには判然としない話だった。

「九条どの、同心岩佐某はどこから賂たる金子を吸い上げておったと申されるのですな」

「おお、それを説明しておりませんでしたな。赤目様、おりょう様、浅草寺の広大な寺地には、浅草寺の子院が三十四ヶ院もあるのをご存じですか」

「子院がいくらあるのか数までは存ぜぬ。じゃが、名のある寺にはかような末寺子院は付き物であろう」

「浅草寺のそれは格別です。正月三が日はもとより、浅草寺にはどんなときでも大勢のお参りの人々が押しかけます。また無数ある縁日の間、境内の露天商からショバ代が寺に流れます。そのような金子の一部は、監督する寺社方にもおこぼれとして入ってきます。まあ、これは長年の仕来り、額も大したことはございません。浅草寺では三十四ヶ所の子院境内の一部を貸地町屋として貸すことを許し、その住人に寺の門からの出入りを許しております。岩佐泰之進はここに目をつけたのです。悪賢いといえましょうな。これらの住人は門前町屋とは異なり、町奉行、寺社奉行双方の許しを必要としません。一方、貸地に伴う地代は各子院の莫大な実入りになり、懐を潤します。子院三十四ヶ所のうち日音院《にちおんいん》四十五棟、観智院十一棟、金蔵院十六棟、松寿院十七棟など、三十の子院が境内に貸地町屋を所有しておりまして、最前申したように多額の地代を徴収いたしております」

「ほう、そのようなことがな。まずわれらの与り知らぬところじゃな」

「先の安部寺社奉行時代に岩佐は、さらにこれらの子院の貸地町屋に賭場を設けて寺銭を吸い上げることを考えた。浅草寺境内にあって、町奉行ばかりか寺社奉行も手を出せない賭場にございます。この賭場から上がる寺銭も莫大な金額にございます」

「であろうな」

「繰り返しになりますが、岩佐は先の安部様が寺社奉行を辞められたあとも新任の奉行に口止め料を支払い、子院から上がる闇の金子を保ってきたのでございます。岩佐泰之進は寺社奉行支配下の一同心、町方同心と同じくせいぜい三十俵二人扶持《ぶち》の身分です。ですが、引き続き上司となった岡田銀蔵を後ろ盾に岩佐のもとには年額何千両もの寺銭が入ってくるので、事情を聞かされておらぬ新任の寺社奉行を黄金色の賂で口封じするくらいわけはないのです」

「松平武厚様はこの悪習根絶に手を付けられたか」

「いかにもさようで。松平様は、何年も前から岡田や岩佐の周りに密偵を放ち、証拠を集めてこられました。が、岩佐は馬道の五郎蔵一家や用心棒に剣術家などを雇い、われらの探索を拒んできたのです。探索の最中命を失い、大川に浮いた同輩は五指では足りませぬ」

「九条どのは、松平様が最後に放たれた腕利きの密偵じゃな」

「ともかくそれがしは賭場に潜り込み、なんとか闇の金の流れだけは調べ上げ、薄紙に細かい字で記録しました。風呂に入るときもそれを髷《まげ》の間に結い込んで隠していたのですが、馬道の五郎蔵の手先にそれがしが松平様の女密偵と連絡《つなぎ》をつけているところを見られて、怪しまれるようになり、逃げ出す羽目になりました。ところが、先方はそれがしが証拠の書付を持参して逃げ出すところを待っていたというわけで、赤目様方に無様な姿を曝《さら》しました」

「九条様は三が日が明けたあと、証拠の書付を松平様に差し出されるのですね」

とおりょうが問うた。

「じかに殿様にお渡しします」

「となれば、同心の岩佐ら一味は動きが封じられる」

「おそらく岩佐ばかりか先の寺社奉行安部様にもただ今のお二人の奉行方にも、なんらかの沙汰《さた》が幕閣からございましょう。なにより、浅草寺の子院三十四ヶ所の不正な貸地町屋はなくなります」

と九条保次郎が言い切った。

「まあ、待たれよ。その前に」

と小籐次が口を挟んだ。

「岩佐や馬道の五郎蔵にとって自らの首が飛ぶかどうかの瀬戸際。この望外川荘を調べ上げ、押し寄せてこような」

小籐次は九条に念を押した。

「申し訳ございません」

「九条どの、申し訳ないですむことか。この正月七日には、ここ望外川荘に江戸の名だたる歌人宗匠を集めて、めでたくも北村おりょう様の芽柳派旗揚げの新春歌会が催されるのじゃぞ。そのような晴れやかな船出の催しの屋敷に、薄汚れた者どもが押しかけるだと」

「赤目様、おりょう様、なんとも申し訳ないことで」

「真にそなた、そう考えておるのか」

「赤目様、たしかにそれがし、天下の赤目小籐次様の懐に入り、正直ほっとしております。ですが、同時に責任も感じております。なにしろ北村おりょう様のこの望外川荘は、女と爺やばかりの屋敷ですからな。岩佐らが知ったら、勇躍攻めてきましょうな」

「勇躍攻めてくるなどという呑気《のんき》な話ではないぞ。ともかくおりょう様方にかすり傷一つ負わせてはならぬ」

「いかにもさよう」

「この広大な望外川荘をそれがしとそなただけで守るのは至難の業。策を考えぬとな。九条どの、松平様の家来をなんとか応援に貸し出してもらえぬか」

「それもこれも、元日から松の内は動きがつきませぬ」

と九条保次郎が他人事《ひとごと》のように答えた。

(どうしたものか)

小籐次はしばし考えた。

いずれにしてもじたばた動くことは得策ではないと考えた。使いに出した百助の言伝が難波橋の秀次親分に伝われば、秀次親分なら今日じゅうにも迅速に行動してくれると思われた。

親分の判断に期待するしか手はないか、と小籐次は考えた。

「よし、九条どの、望外川荘が今宵にも襲われぬともかぎらぬ。そなたに屋敷内を見せておこう。襲われたとなると、二人だけでおりょう様方の命と広大な屋敷を守らねばならぬのだからな」

と小籐次が立ち上がると、

「いくら馬道の五郎蔵とは申せ、赤目様から素早く北村おりょう様との関わりを探り出し、さらにはこの望外川荘に狙いをつけてくることはございますまい。いや、おりょう様も読売で江都を騒がすお方ゆえ、五郎蔵め、住まいを承知しておるかのう」

などと言いながら、小籐次に従った。

九条は素知らぬ顔をしていたが、おりょうのことも読売などで承知している様子があった。

「もし今宵にも奴らが押し寄せてくるようなら、おりょう様方はこの母屋に籠らせ、そなたがおりょう様方を守るのじゃぞ」

「赤目様はどうなさるので」

九条が小籐次の行動を気にした。

「それがしは岩佐の用心棒らを一人またひとりと倒していくしか手はあるまい。なにしろおりょう様方がこの望外川荘に人質に取られているようなものだからな、母屋にあやつらを呼び込めぬ」

九条はしばし沈思していたが、大きく首肯した。

「それがしが指揮しての籠城戦ですな。相分りました。となると、それがしの役割は重大ですな」

「九条どの、そなたにおりょう様方、六人の命が掛かっておるのじゃ。命を賭《と》しても守りぬいてくれよ」

小籐次は、今一つ摑みどころがない九条を大仰《おおぎょう》な言葉で鼓舞した。

「赤目様、この屋敷になんぞ得物《えもの》になるものはございませんか。それがし、逃げ出すのに忙しく、なにも得物を持っておりませぬ」

小籐次は九条を台所の裏戸から裏庭に建つ百助の納屋を兼ねた住まいに連れていき、その場にあった鍬《くわ》の柄を見せた。

「おおっ、これはよい」

と一本の柄を手にした九条保次郎が片手で振った。すると、

びゅん

と虚空を裂く鋭い音が百助の小屋に響いた。

九条の腕前は窺い知れなかったが、意外と剣術の達人ではないかと小籐次は見直した。

「そなた、流儀は」

「寺社奉行の吟味物調役などに剣術の腕は要りませぬから、父が存命の折になんとか一刀流を教わったくらいでございます。赤目様に何流にござるなどと胸が張

れる代物《しろもの》ではございません」

「口舌の雄と申されるか」

「どちらかと申せばさようです」

と九条は平然と答えたものだ。

「ともあれ、それがしが頼りにするのはそなただけなのじゃ。しっかりしてもらわぬと困るぞ」

「せいぜい努めます」

と答えた九条を頼りにしてよいものかどうか、小籐次は迷った。

「よし、九条どの、母屋に戻られよ」

「赤目様はどうなさるおつもりで」

「考えを変えた。この百助の小屋で、川向こうから押し寄せる者どもを待ち受ける。必要ならばおりょう様方のところに駆けつけるでな」

「相分りました。それがし、母屋に入ったら出入り口をしっかりと固める所存にござる」

と答えた九条が、

「外から入り込む輩を赤目様かどうか確かめるために、それがしが山と問いますから、赤目様は川と答えて下され。合言葉があれば、味方と敵を間違えずとも済みますからな」

とまるで赤穂《あこう》浪士の討ち入りの合言葉のようなものを提案した。

「山と川じゃな。分った」

小籐次一人が百助の小屋に残り、九条は母屋に戻った。小籐次はそのまま屋敷の外の庭を見回ることにした。

小籐次が泉水の前にくると、川向こうの夜空があかあかと染まっているのが分った。

文政三年の新年の初詣で客を迎えるために、金龍山浅草寺の境内で焚《た》かれるかがり火だろう。

小籐次は、

(なんとも変わった新春の始まりじゃぞ)

と首をひねりながら納屋の戸締りをすると、竹林を抜け、船着場に行った。小舟を船着場から離して隠しておこうと考えたのだ。

まず空の小舟に、命の次に大事な研ぎ道具を戻した。浅草寺詣でに行く折、喫水を少しでも上げぬよう砥石の入った木桶を船着場に下ろしていたことを思い出したからだ。

「口を養うお道具を船着場に放り出して忘れていたとは、赤目小籐次、罰当たりじゃな」

と道具に詫びた。

小舟を湧水池の東側に回し、枯れ葦《あし》の原に隠した。

「これでよし」

道具を抱えた小籐次は望外川荘の敷地の外に沿って見回りを続けた。今のところ異変は見られぬように思えた。そこで百助の住まいの納屋に戻ると、火が消えていた囲炉裏に火を熾《おこ》し、流木を鋸《のこぎり》で挽《ひ》ききったと思える粗朶《そだ》をくべた。

すると冷え切っていた納屋の板の間に、
ふわっ
と温《ぬく》もりが漂った。

（これで酒があれば申し分ないが）

と小籐次は思いながら冷えた体を炎で温めた。すると、母屋の裏戸がそおっと開く音がして、人の気配がした。

（あやつ、なんぞ言い忘れたか）

小籐次は用心のために備中次直を手に土間におりた。すると、納屋の戸口の向こうで足音が止まり、こちらの様子を窺った。

小籐次が咳払いをしてみせた。すると外から、

「山」

と合図がきた。

「おりょう様、何事にございますな」

小籐次は慌てて納屋の心張り棒を外して戸を開いた。すると、おりょうが貧乏徳利を抱えて戸口に立っていた。

「赤目様、話が話です。最前飲んだ酒は覚めておりましょう。このまま寝られるのも不憫《ふびん》かと存じ、お持ち致しました」

「いや、百助の飲み料を頂戴しようかと、よからぬことを考えておったところにござる」

「ならばこれを」

とおりょうが差し出しながら百助の住まいに入ってきた。

「おや、こちらには囲炉裏がございますか。体が冷え切っております。しばらく温めさせて下さいませ」

おりょうは土間に立ち、納屋を改装した百助爺の住まいを興味深げに見回した。

「おりょう様、正月早々に風邪をひいてもなりませぬ。ささっ、囲炉裏端においでなされませ」

小籐次は飯炊き用の竈のある台所から湯呑みを一つ借りてきた。

「九条どのはどうしております」

「不寝番《ねずのばん》を致しますゆえ、安心してお眠り下さいと言われましたが、見知らぬ殿方がおられると思うとなんとのう落ち着けませぬ」

「お夕ちゃんと駿太郎は寝ておりますな」

「今宵は私の寝所の隣にあいとお夕さんと駿太郎様の床を並べて、三人してぐっすりと寝入っております」

「九条保次郎どのをどう考えられるな」

小籐次はおりょうが持参した貧乏徳利から茶碗に酒を注ぎながら、話柄を変えた。

「寺社奉行松平武厚様は、上野館林《こうずけたてばやし》藩六万一千石の殿様にございましたね。ただ今の寺社奉行の中では先任にございますれば、松平様としてはこの際、悪の根を絶とうと考えられて、九条様方を岩佐なる同心の身辺に潜り込ませたのでございましょう。九条様はいかにも摑みどころがない言動にございますが、松平様が最後に放たれた密偵にございます。なかなか明敏なお方かと存じます」

頷いた小籐次が茶碗酒を口に含んで沈黙が支配した。

「ここは隙間風が入り込んでまいりますね」

おりょうが身を竦めた。

「風邪など引かれては新春歌会が大変なことになります。母屋にお戻りになり、床にお就き下され」

小籐次が送っていこうと立ち上がりかけると、おりょうが小籐次の傍らに寄り添い、

「はしたのうございますが、赤目様のお体におりょうの身を寄り添わせて下さいませ。そのほうが温こうなります」

ぴたりと寄り添ったおりょうの体の温もりが小籐次に伝わり、小籐次はおりょうの柔肌の感触にくらくらとした。

二

小籐次は人の気配に目を覚ました。すると、囲炉裏の火が消えかけていた。粗朶をくべて腰に次直を差し落とした小籐次は百助の納屋を出た。

おりょうが百助の納屋にいたのは四半刻ほどか。おりょうはただ小籐次の肩に身を寄せ、新春歌会のことなどを喋り続けていた。そして、ふと我に返ったか、身を起こすと姿勢を正して、

「赤目小籐次様、明けましておめでとうございます」

と新春を祝す言葉を小籐次に告げた。

「おりょう様、おめでとうござる。今年は北村おりょう様が世に打って出る年にございますれば、ますますのご隆盛を願うております」

「それにはなにより赤目様の助力が要ります」

おりょうが小籐次の顔をひたと見ながら言った。

小籐次はしばし沈思して、

「その判断、正しゅうございましょうか。とくとお考え下され」

「りょうの決断の中で一番賢明なものにございます」

おりょうの返答は即座にして明快だった。

「おりょう様、赤目小籐次、これほどの幸せがございましょうや。常々申し上げ

ておりますが、この赤目小籐次の一命、北村おりょう様に捧げます」

「生涯、りょうの傍らに寄り添って頂きとうございます」

「こちらこそ」

と頭を下げる小籐次の頬におりょうの頬が押し付けられ、しばし二人はその姿勢のまま、文政三年の年明けの一瞬を共有した。

おりょうが納屋から姿を消した後、小籐次は一刻ほど囲炉裏端で百助の綿入れを借りて眠った。そして、望外川荘に近づく人の気配に眼を覚ました。

わずかに東の空が白み始めていたが、須崎村界隈は昨夜より冷え込み、凛冽《りんれつ》たる寒気が支配していた。

小籐次の吐く息が白く、寒暖の差で生じるのか、泉水の水面から白い靄が漂っていた。

小籐次は、さくさくと霜を踏みながら人の気配のする船着場に向った。

寺社奉行支配下の同心岩佐泰之進と馬道の五郎蔵一家の面々の襲来でないことはすでに分っていた。敵意も殺気も感じとれなかった。

五郎蔵らの探索が小籐次の身辺から北村おりょうに辿りつき、須崎村の望外川荘に姿を見せるのは、早くて元日の昼下がりか夕刻の刻限かと、小籐次は推測していた。

竹林に入ると寒気が和らぐのが分った。

船着場に出てみると、湧水池と大川を結ぶ水路から一艘の猪牙舟が姿を見せた。

小籐次は舟影から久慈屋の猪牙舟かと思った。

船着場に立つ小籐次を見たか、猪牙舟から立ち上がった影があった。

難波橋の秀次親分だ。

「町方の御用を務める親分がいちばん忙しい年始に、厄介なことを願いましたな」

と小籐次が呼びかけた。その声が湧水池の水面を伝い、猪牙舟に届いた。

「遅くなりまして申し訳ございません。おっしゃるとおり、わっしらご町内の夜回りに出ておりまして、百助さんが久慈屋におるというのが分ったのが増上寺の除夜の鐘を聞いた後にございました。それから慌てて仕度して出てきたので、こんな刻限になりました」

「幸いなことに未だ異変はござらぬ」

「それはようございました」

「百助さん、お夕ちゃんが望外川荘に泊まっておることは、桂三郎さん、お麻さんに伝わっておろうな」

と小籐次が猪牙舟に同乗している筈の百助に問うた。すると、百助に代わり秀次親分が、

「そちらのほうは案じなさいますな、手配がついておりますよ。年の内に久慈屋の浩介さんが百助さんと一緒に新兵衛長屋に出向き、事情を伝えられましたので。お麻さんは赤目様と一緒ならなんの心配もしておりません、と言われたそうです」

「有難い返事かな」

「それより新兵衛さんの熱がなかなか引かず、そちらの面倒で夫婦は手いっぱいだそうです。久慈屋でも、正月の間も新兵衛さんの容体に気を配るそうですぜ」

と秀次が応じたところで猪牙舟が望外川荘の船着場に寄せられ、舫い綱が小籐次に投げられた。

「おや、船頭は久慈屋の喜多造さんか。うむ、同乗のお二人も久慈屋の荷運びの方々じゃな」

紙問屋久慈屋の品物は諸国から江戸内海の佃島沖に弁才船《べざいせん》で運び込まれてくる。それらを荷船に積み替えて運ぶのは、久慈屋専属の荷運び人の喜多造らだ。また

喜多造らは、久慈屋が各お得意先から注文を受けた紙を江戸府内に四通八達した水路と堀を使い、届ける役目を負っていた。

なにしろ紙の大敵は水に濡れることと湿気だ。また紙は数が纏《まと》まれば実に重い。湿気に弱く、重い紙の品質を落とすことなく得意先に届けるには、喜多造ら慣れた仕事人が要ったのだ。久慈屋の奉公人の中でも、商人というより力仕事の職人だった。それだけに頼りにもなった。

「赤目様、大番頭さんの指図でわっしらが三が日望外川荘に泊まり込みますでな。あまり役にも立ちますまいが、宜しく願いますぜ」

「そいつは心強いが、正月早々気の毒にござるな」

「いえね、大番頭さんばかりか、わっしらが芝口橋を離れようとした折、旦那様まで出てこられて、赤目様には普段、久慈屋は大いに助けられておるのです、しっかりと働いてきなされ、正月休みは考えますと申されましたので、わっしらとしても張り切らざるをえないのですよ」

と喜多造が笑い、秀次が語を継いだ。

「赤目様、なにしろ年末年始は町方御用の書き入れどきでございましてね。旦那の近藤精兵衛様に従い、人が押しかける芝神明《しばしんめい》から愛宕権現《あたごごんげん》と走り回らねばなりませんo ですが、近藤様に相談申し上げますと、二つ返事で、日頃世話になるばかりの赤目小籐次様からの手助けの要請である、秀次、おめえ自ら駆け付けよ。その代わり、手先は出せねえよとのことにございました。そのことを知った久慈屋の観右衛門さんが大力の喜多造さんら三人に助っ人を命じられたってわけですよ」

二人の説明でおよその経緯が分った。

「百助さんや、大役ご苦労であったな」

猪牙舟の胴の間でじいっとどてらをかぶって蹲《うずくま》る人影に声をかけた。すると、どてらから百助の顔がにゅっと現れ、

「ふうっ、やっと須崎村に戻りついたな、わっしは向こう岸の江戸の町はよう落ち着かん」

と言いながら船着場に上がってきた。

「秀次親分に喜多造のお頭、音次さんに弥五郎さんと四人も援軍が参り、なんとも心強いことかな」

一行は船着場から、まずは百助の納屋に向うことになった。

「寺社奉行の密偵どのはどうしておられます」

秀次が望外川荘に厄介を持ち込んだ密偵のことを尋ねた。

「吟味物調役の九条保次郎どのか。頼りにしてよい腕利きか、茫洋《ぼうよう》としておるだけの唐変木か、今一つ判断がつかぬ。ともかく母屋の女子供を守って下されと、母屋に控えさせておる」

「赤目様の懐に具合よく飛び込んできた窮鳥は、九条保次郎様にございましたか」

と秀次が承知か、姓名を出した。

「親分、承知か」

「あのお方、ただ今の寺社奉行四人のそれぞれにつく吟味物調役の中でも、抜きんでた腕《うで》扱《こ》きでございますよ。赤目様が申されるように風貌《ふうぼう》も言動もとぼけたところがございましてな、仲間内ではとぼけの九条と呼ばれているそうにございます」

と秀次が応じたとき、百助の納屋の前に着いた。

戸口を開けると、囲炉裏端にその九条保次郎がいて、

「援軍来りしか。囲炉裏の火がほどよく燃えておりますぞ。ささっ、お上がりなされ」

と差し招いた。

「気付いておられたか」

「赤目様が船着場に迎えに出られたあと、望外川荘の内外を見回りましたが、今のところ異常はなさそうでな、囲炉裏の火をほどよく調えておったのです」

と九条がとぼけたことを言った。

九条保次郎の職掌の吟味物調役は、松平家の家臣ではない。新任の寺社奉行は家臣から手留役四、五名、寺社役四、五名、取次十数名、大検使、小検使、同心と、役目を負わせるために最小限度の人数を自らの家臣の中から選んで同道した。したがって、奉行が辞めるとき、これらの者も主人に従い、辞めたのである。ために、寺社奉行が辞めるたびに事務の中断が起こった。そこで新任奉行でも前任者のやり残した訴えなどを継続して円滑に審議できるよう常駐の留役を置いた。

この留役は寺社奉行に配された専任職で、役高百五十俵二十人扶持、寺社奉行に各一人配されていた。寺社方同心岩佐泰之進もその一人といえた。

いわば寺社奉行の常駐の事務方の最高位である九条保次郎が、自ら密偵として探索に加わっていたということは、寺社奉行松平右近将監武厚の手駒《てごま》が少なくなったことを意味せぬか、などと小籐次は考えながら囲炉裏端に上がった。

「九条様、お久しゅうございます。難波橋の秀次にございます」

と秀次が九条に挨拶すると、

「おお、そなたが手助けにきてくれたか。赤目小籐次様に、南町奉行所で知られた難波橋の親分の二枚看板が揃うたということは、九条保次郎、未だ運に見放されているわけではなさそうな」

「いえいえ、馬道の五郎蔵なんぞ、九条様お一人おられれば、赤目様やわっしらの助勢など要らぬのではございませんか」

九条は顔の前でひらひらと手を振った。

「親分、なんのなんの。こたびいささか油断してな、五郎蔵に正体を摑まれた。なんとか逃げ出したはよいが、年の瀬の浅草寺境内で逃げ惑ううちに赤目小籐次様ご一行に出会うてな、書付を、あいさんと申すこちらの娘御の袖の中に預かってもろうたのだ」

「ほう、それで九条様は馬道の追及を振り切ったというわけですね」

「馬道の五郎蔵の不運は、知らぬとは申せ、赤目小籐次様を爺呼ばわりしたことだ。あやつめ、赤目様の怒りを買ってあの場に足止めされたゆえ、それがし、なんとか逃れることができたのでござる。いや、つらつら考えるに赤目様は、それがしが逃げ延びる間を考えて、あのように足止めなされたのではないかと存ずる」

九条保次郎は都合のよい解釈をなして言った。

「そなた、難波橋の親分に話を聞くに、なかなか敏腕の吟味物調役じゃそうな。役高百五十俵の幕臣が密偵の真似ごととはどういうことか」

「赤目様、こちらの手駒が減って、とうとうそれがしが出る羽目になったのでございますよ」

小籐次の推量を裏付ける返答をした。

「浅草寺子院の話を聞かせてくれたが、あれは真の話か」

「なんじょう赤目様に嘘の話など申し上げましょうや」

「とぼけの九条どのとはよう言うたものよ。そなたの話はどこまで本気にしてよいやら分らぬ」

「それがしが同輩にとぼけの九条と蔑《さげす》まれておることも承知で」

と応じた九条が難波橋の秀次を恨めしそうに見た。

「ほれほれ、それがとぼけの所以《ゆえん》であろうが。そなたについたとぼけの異名とは、なかなか尻尾を出さぬ御仁を評する言葉よ。老獪《ろうかい》、狡猾《こうかつ》、古狸《ふるだぬき》と言い換えてもよかろう」

「赤目様、なんということを申されます。九条保次郎、忠義一筋に主に仕えておる愚直な士にございますぞ」

「直参旗本の主は公方《くぼう》様。たまたま今、吟味物調役として松平武厚様を主と奉っておるだけのことでござろう」

と応じた小籐次は、

「百助さんや、茶碗がいくつかないか。おりょう様から頂戴した酒がまだ残っておる。とぼけの九条どのの長広舌を聞くもよし、酒を飲んで一休みするもよし、正月三が日の長丁場に備えようか」

と言った。すると百助が、

「ひのふのみ」

と人数を数えて、

「赤目様は持っておられるで、あと六つか。母屋から借りてこねばなるまいな」

と囲炉裏端から立ち上がった。

「九条どの、改めて尋ねておこう。寺社方同心岩佐泰之進と馬道の五郎蔵一味は、そなたが手にする書付を奪うためにはどのような手段も厭《いと》わぬと思うか」

「浅草寺子院五つの貸地町屋で回り持ちに立てられる賭場の上がりだけでも、数千両にございます。やつらがこの莫大な利を見逃すと思われますか。いえ、見逃すということはあやつどもの自滅を意味します。さらにはお二人の寺社奉行にお咎《とが》めがあるは必定《ひつじょう》。それがしと仲間が命を賭して書き付けた金の流れと受領した人名は、長年の悪行を暴き出すに十分かと存じます。おそらくそれがしの手から松平武厚様に渡れば、松平様は老中に相談なされましょう。寺社奉行お二方がからむ話ゆえ、老中、寺社、勘定、町奉行合議の評定所裁判になりましょうな」

評定所裁判は幕府の最高の訴訟裁決機関である。

九条保次郎は自信たっぷりに言い切った。

「ということは、九条保次郎どのと書付の存在が、岩佐と馬道の五郎蔵一味の命運を握っておるということかな」

「なにを考えておられます、赤目様」

と九条が険しい顔で問い返した。

「いやのう、三が日をこの望外川荘で過ごすのは、いささか退屈かと思うてな」

「それで」

「そなたがこの三が日、主の松平武厚様にお目にかかれぬのは分った。なれど、そなたをなんとか外桜田の松平邸に連れ込めば、いくらなんでも寺社方同心や浅草を縄張りにしておるやくざ渡世の五郎蔵では押し込めまい。上野館林藩六万一千石の体面にかけてもな」

「うーむ」

と九条保次郎が唸った。

「なんぞ差しさわりがござるか」

「赤目様がいみじくも申されたように、それがしのただ今の主は松平右近将監武厚様にございます。されどそれがしが仕える主は、寺社奉行の松平武厚様にござって、上野館林藩の藩主松平様ではございませぬ。それがし、むろん外桜田の松平邸を存じておりますが、正直申して馴染みが全くのうて窮屈にございます。赤目様、できることならば、こちらで三が日を過ごさせていただく方が気は楽です。そのような勝手は許されませぬか」

「おぬしは、それがしばかりか、この家の主の北村おりょう様、難波橋の秀次親分、それに久慈屋の喜多造さんらを巻き込んでおるのじゃぞ」

「いかにもさようでございます」

「なにやら居直った様子じゃな」

「そうではございません。天下の酔いどれ小籐次様は、一旦関わりを持った人間を決して見捨てぬという評判の武士《もののふ》にございます。そのお方が途中で役を下りられては、江都の酔いどれ様贔屓《びいき》が嘆こうというもの」

「あれこれと言いぬけおるわ」

と小籐次が応じたところに納屋の戸口が開いて、百助とおりょうが酒と肴を運んできた。

「おや、おりょう様、もう起きられましたか」

と九条が如才なくおりょうに問いかけた。

「本日は元日にございますれば、おしげが沸かしてくれた新湯に入り、正月の馳走の仕度にかかりました。こちらではどなた様も夜明かしのご様子、まずは軽く飲んでしばらくお休み下さいませ。起きた時分にあちらにて御屠蘇とお節《せち》料理を召し上がっていただきましょうか」

「おりょう様、あれこれの心遣い痛み入ります。われら、押しかけの客にございますれば、この望外川荘に居させてもらうだけで十分にございます」

「これ、九条保次郎どの、押しかけの客はそなただけじゃ。そなたを助けるためにこの屋敷に匿《かくも》うてくれたおりょう様も、難波橋の親分も久慈屋の奉公人方もそれがしも、致し方なく付き合うているだけじゃぞ。そなたと同列に扱われては心外じゃ」

「赤目様、そう申されますな。九条様は赤目小籐次様という猟師の懐に飛び込んだ窮鳥にございます。年の始めから人助けに動くのです。今年も退屈はしますまい」

おりょうは大勢いることが嬉しいのか言った。

「おりょう様の優しい心遣いを承知で、このとぼけの九条どのは無理難題を申しておるのですぞ」

「あら、そうでございましょうか」

と応じたおりょうが、

「赤目様、こたびのこと、ただ相手の出方を漫然と待つだけにございますか」

と小籐次を唆《そそのか》すように言った。

「どうせよと申されますな」

「相手は九条様に御用があるのでございましょう。満天下に、九条保次郎様が望外川荘に逗留中とお知らせしたらいかがでございましょう」

「えっ、それは」

ととぼけの九条が絶句しておりょうを見た。

「それもそうじゃな。いつ来るともしれぬ相手を待つのも退屈ではあるな」

「そうでございましょう。天下に告知する方法は、赤目様ならばあれこれとお持ちの筈にございましょう」

「七日の新春歌会の前に騒ぎを起こして、おりょう様の名に傷がつかぬかのう」

「望外川荘は芽柳の拠点にございます。閉ざされた歌壇より、勝手気ままにいろいろなお方が出入りする場にしとうございます」

「そうか。ならば、空蔵さんをこの場に呼んで、知恵を借りねばなるまいかのう、親分」

「元日早々から小籐次ネタが舞い込むとは、春から縁起がいいわえ、なんぞとにんまりするほら蔵の顔が浮かびますぜ」

秀次親分がにたりと笑い、九条保次郎が不安そうな顔をした。

三

元日の昼下がり、須崎村の湧水池の周りにはいくつもの凧が上がっていた。緩やかな風が吹いて凧を上げるには絶好の日和だった。

この朝、望外川荘では小籐次ら男衆が二組に分れて、眠りについた。小籐次も九条保次郎も秀次親分も、それぞれ二刻（四時間）余り体を休めることができた。

偶然にも元日に須崎村の望外川荘に顔を合わせることになった老若男女十数人が姿を揃えたのが昼下がりだった。

望外川荘の座敷に正月のお節料理の膳が十二並び、女主の北村おりょうから老爺の百助まで同席して正月の宴が始まった。むろん望外川荘は女ばかり三人だ。納屋に暮らす百助を入れても四人の正月料理の仕度しかない。だが、久慈屋からの差し入れのお重の料理の数々に、十二の膳部の仕度ができたというわけだ。

宴の冒頭、おりょうが、

「新年あけましておめでとうございます」

と一同に新年を祝し、一同も、

「おめでとうございます」

と挨拶を返した。

「私が望外川荘で迎える初めての正月にございます、百助爺を入れて四人で静かな正月をと思うておりました矢先、思いがけず赤目小籐次様を始め、大勢の方々が一緒に祝うて下さることになりました。かようなことは夢にも考えませんでした。経緯はどうであれ、私ども四人で文政三年の元日を迎えるより、これほど大勢の方々と一緒に膳を並べることがどれほど嬉しいことか。これも縁にございます。それぞれお立場は違いましょうが、ご一緒に正月を祝いましょう。よう望外川荘に集って頂きました。心よりお礼を申します」

おりょうの言葉に、

「かような宴のきっかけを作ったは、すべて九条保次郎、それがしにございます。北村おりょう様には迷惑も顧みず心から喜んで頂き、かたじけのう存じます。されど、なにやら心中複雑にございます。北村おりょう様を始め、ご一統様を騒ぎに巻き込んだこと、改めてお詫び申します」

と神妙な顔で九条が詫びた。

「いえ、九条様は命を張ってお上の御用を務めておられるのです。縁があった者が手伝うのは当然のことにございます」

とおりょうが言い切り、

「おりょう様、御用を無事果たした暁には改めてお礼に伺います」

「ふっふっふ」

と笑い声が小籐次の口から洩れた。

「九条保次郎どのが期せずしてこの新年の宴を仕掛けた張本人と考えると、世の中なかなか捨てたものではございませんな、おりょう様」

と小籐次がようやく九条の滞在を認めたように言った。

「さようでございますとも」

「そのように言うて頂くと、幾分気が楽になりました」

「九条様、戦《いくさ》はこれからにございますよ」

難波橋の秀次親分がとぼけの九条の気を引き締めた。

「親分、いかにもいかにも。それはとくと分っておる」

「赤目様、これだけの膳の料理、久慈屋さんからの頂きものがなければ、揃えることは適いませんでした。久慈屋さんに感謝しながら頂戴しましょうか」

と、おりょうが言うのへ、あいとお夕が御屠蘇を銘々の酒器に注ぎ、あいが駿太郎の器にも少しだけ注いだ。

「駿太郎はすこしか」

「駿太郎様はまだ幼いのです。酔うてはなりません」

「爺じいはたっぷりのむぞ」

「赤目小籐次様は天下に知られた酔いどれ様です。駿太郎様も大きくなったらお酒をたっぷりとお飲みなさい」

「大きくなったらのんでよいか」

あいとお夕が最後に、女主のおりょうと後見の小籐次の器に御屠蘇を満たした。御屠蘇を配った二人の娘も膳部の前に戻り、

「赤目様、新年を祝う音頭を願います」

とおりょうが言い、

「ご一統様、文政三年新春明けましておめでとうございます」

と小籐次が発声して宴が始まった。

短い時間だが、和気《わき》藹々《あいあい》とした新年の宴が進み、最後に雑煮が供された。なにしろ岩佐泰之進と馬道の五郎蔵らが襲来するかもしれぬ望外川荘だ。酒もほどほどにした小籐次に駿太郎が、

「爺じい、駿太郎も凧がほしい」

とせがんだ。庭越しに須崎村の空に上がる凧を見てほしくなったらしい。暮れのうちに蛤町裏河岸の浪人夫婦から頂戴した凧は新兵衛長屋に置いてある。

「よし、しばし待て」

竹林に向った小籐次が一本竹を切り出してきて、得意の竹細工で割り竹にしてひごを造り、長四角やら楕円の骨組をあっという間に三つ組み上げた。そのうえに和紙を張り、即席の凧ができ上がった。

「おりょう様、白地の凧では寂しゅうございますな。なんぞ認《したた》めて下さらぬか」

とおりょうに願うと、おりょうが早速、使い慣れた筆と硯《すずり》を持ち出して一つ目の凧を見ながら、

「文政三年は凧が書き初めにございますか」

と微笑み、朱字で雄渾《ゆうこん》にも、

「祝新春」

と達筆を披露し、そのかたわらに、

「凧凧　あがれ　天までとどけ　駿太郎凧」

と一転、柔らかい筆遣いで書き添えた。

さらに、

「今年も元気にあい凧」

「ますます愛らしお夕凧」

と名付けた凧それぞれに、二人の娘の似顔絵を描き添えてくれた。

「駿太郎さんのおねだりが利いて、私たちも凧を頂戴致しました」

と二人の娘が喜んだ。

駿太郎にあいとお夕が加わり、望外川荘の庭に三つの凧が風に乗って上がったとき、船着場に賑やかな声が響いた。

「ほうほう、これが北村おりょう様の望外川荘の船着場ですか。過日は望外川荘も見ずして新春歌会の記事を載せたが、ようやく念願かなったぞ」

という独り言が風に乗って小籐次の耳に伝わってきた。

小籐次は仮眠をとる前に百助に、使いに立つような知り合いはおらぬかと相談していた。すると、隣屋敷の庭師の倅が、小遣いを渡せばどんなときでも用を足してくれるということだった。小籐次は空蔵に宛てて文を認め、一分の遣い賃を百助に預けて使いに出していた。

どうやらその意が伝わったようで、空蔵が姿を見せたというわけだ。

迎えに出た小籐次の視界に、空蔵が乗ってきた猪牙舟が隅田川の方角へ消えていくのが見えて、船着場に空蔵ひとりがぽつねんと立っていた。

「空蔵どの、正月早々に呼び立てたな」

ととれそうだ」
「おや、酔いどれ様自らほら蔵のお出迎えとは、今年も酔いどれネタがしっかり

と満足の笑みを浮かべた。
「空蔵さん、こたびは幕府の要職がからむ話じゃ。町奉行も寺社奉行も触れない
という浅草寺子院を賭場なんぞにして、おおっぴらに大金を稼ぐ胴元の吟味物調
役、同心、御用聞きを誘き出してな、一網打尽にしようという話だ」
「ほうほう。捕まえた面々は町奉行、寺社方、どちらに届けるおつもりで」
「まあ、こたびの探索に携わった九条保次郎どのは、寺社奉行松平武厚様の手の
者、吟味物調役ゆえ、寺社奉行松平様にお届けするのがよかろうな」
「ほうほう、それでおれがその捕物の現場に呼ばれたわけは、ワル同心らをこの
望外川荘に誘き出す読売を書けばよいというわけだな」
「さよう。じゃが、そうのんびりとした話ではないぞ。なにしろ新春歌会が七日
に開かれるのじゃからな」
「万事このほら蔵の胸に仕舞ってあるぜ。まずは酔いどれ様が関わった経緯を聞
かせて頂こうかな。その後、おれがいかようにも料理して差し上げますでな」
「最前も申したが、ことは急ぐのじゃ。こたびのことは読売を出す時がなにより

肝心でな。おりょう様の発案で、この望外川荘に悪人めらを呼び寄せて一気に手捕りにしようという話だ」

「ほうほう。こちらに参る前に新兵衛長屋に立ち寄り、版木職人の勝五郎さんに、急ぎ仕事が入るゆえ、あまり正月酒を酔い食らってはならぬと注意しておいた。勝五郎さんも、おれの原稿が届き次第、急ぎ仕上げると請け合ってくれたぞ」

「勝五郎どのに話が通ったか。なによりなにより」

と小籐次は空蔵を呼んだ甲斐があったと満足の笑みを浮かべた。

「赤目様、急ぎ仕事というても手間はかかる。早くて明日の昼下がりには江戸じゅうに売り出されるが、どうだ」

「結構結構」

と応じた小籐次は、船着場から離れるとき、なんとはなしに隅田川と湧水池を結ぶ水路を見た。すると、ゆったりとした櫓さばきで猪牙舟が入ってきて、望外川荘とは対岸の屋敷の船着場に寄せられていくのが見えた。

猪牙舟から立ち上がった人影は羽織を着ていた。年始客であろうかと思いながら小籐次は空蔵を従え、望外川荘に誘った。

枝折戸を潜って望外川荘に足を踏み入れた空蔵は、

「うーん」

と唸った。

「なかなかの御寮だな。敷地もたっぷりとありそうだ。なにより隅田川につながる湧水池の端の立地がいい。今時の江戸では、なかなか探すのが難しい出物だな。女ひとりで購える屋敷ではない」

と言いながら小籐次の顔を窺った。

「空蔵さん、なんぞわしの顔についておるか」

「いえね、この望外川荘の真の主は赤目様という噂があるんですがね」

「そなた、わしの暮らしぶりをとくと承知していよう。九尺二間の裏長屋で駿太郎と二人、細々と過ごしておるのじゃぞ」

「とは申せ、赤目様の後ろ盾は久慈屋だ。そのうえ、水戸様とも深川のお大尽三河蔦屋とも入魂《じっこん》の仲だ」

「だからといって、どうなるものでもあるまい。こればかりは子供が飴玉《あめだま》を購うのとは違うでな」

「さようかね」

と言った空蔵の足が離れ屋の前で止まった。

「泉水に突き出した茶室の普請はどうだ。金がかかってないようで、石も柱も聚《じゅ》楽壁《らくかべ》も見事なものだよ」

「大工の棟梁は土佐金と申す親方じゃそうな」

「えっ、土佐金が手掛けた建物が江戸にあるのか。これは驚いた。これだけで何本か読売のネタになるぞ。だが、やはり酔いどれ様を絡ませないといささか地味だな」

と小首を捻った。

「空蔵さん、本分を忘れずにな」

「ワル同心とやくざの親分を誘き出せばよいのだろう。任せて下さいな。それより赤目様、新春歌会の記事もおれに扱わせて下さいよ」

「それはおりょう様に願うことだ」

「だけど後見は酔いどれ様でしょうが」

「主はあくまでおりょう様じゃ。それを忘れるでない」

「はいはい」

と二人は言い合った。

望外川荘の前庭では駿太郎、あい、お夕が九条保次郎の手をかりて凧上げに興じていた。

　季節は新春へと移ったせいか、どことなく温もりが籠った陽射しが縁側に散り、おりょうと秀次親分が座して談笑していた。

「おりょう様、空蔵さんは初めてでしたかな」

　気配に気づいて視線を上げたおりょうに小籐次が言った。

「読売屋の空蔵さんにございますね。新年明けましておめでとうございます」

　名を呼ばれた空蔵が慌てて頭を下げ、

「おめでとうございます。おりょう様に空蔵の名を知って頂いていたとは、光栄の行ったり来たりにございますよ」

「空蔵さん、日頃から赤目様ばかりかりょうまで読売に登場させて頂き、大層世話になっております」

「驚いた。この前は望外川荘を見ずして書いたからな、面と向っておりょう様に皮肉を言われたぞ。天下の美女は口に棘《とげ》が隠されているようですな」

　と空蔵がぶつぶつ呟いた。

「空蔵さん、りょうは皮肉など申しませんよ」

「おや、さようで。ならば新春歌会の一件、この空蔵にお任せ願えますか」

「赤目小籐次様の厳しい検閲をお受けになった記事ならば、ご勝手になされませ」

「町奉行の他に酔いどれ様の検閲があるとは、なかなか手厳しいぞ」

「空蔵さん、こと新春歌会に関してはおりょう様の将来と芽柳派の成功に関わること。筆は慎重にして内容は上品が肝心じゃぞ」

と小籐次に念を押されて空蔵が頭を抱えるふりをした。

「空蔵さん、川向こうになんぞ大事《おおごと》は出来《しゅったい》しておりますまいな」

正月の町回りの御用を離れた秀次が腕利きの読売屋に尋ねた。

十手持ちと読売屋、付かず離れずの関係を保ち、秀次も空蔵も互いの才を認め合っていた。

「親分、おれがこちらにお邪魔したくらいですよ。文政三年の年明けはいたって静かだ。それもこれもですよ、大事件を前にした静けささ」

「ほう、大事件が出来するかえ」

「浅草寺の子院三十数寺の貸地の一件は、昔からあれこれ取り沙汰されてきたことだ。だからさ、おれは今度の一件を聞いて、寺社奉行松平武厚様は肚《はら》を括られたなと、大いに感心したところだよ。こんどの一件には必ずや同輩の寺社奉行が関わっている。おっと、酔いどれ様、そいつを明日の読売で書き立てようなんて考えてないぞ。だがな、この騒ぎ、早晩、公儀を揺るがす一件になるぜ。そうなったら、この経緯を承知の空蔵の出番だ」

と空蔵が痩せ腕を撫した。

「空蔵さん、話を最初から大きく広げんでくれよ。明日の読売じゃが、吟味物調役の九条某が望外川荘にいることが岩佐一派に伝わればよいことだ」

小籐次が、凧上げを手伝う九条保次郎を見ながら釘を刺した。

「あの御仁が松平様の懐刀、とぼけの九条様か」

とこちらも老獪ぶりを発揮して言った。

「そなた、九条保次郎どのも承知か」

「おとぼけ様の噂もまた、あれこれと耳に入ってるぜ」

「なかなかご交際が広いのですね」

とおりょうが感心した。

「おれらの仕事はどれだけの人とつながりがつくかにございましてな、赤目小籐次様を通して北村おりょう様とも知り合いになれました。これが財産なのでございますよ」

「そなた、わざわざ望外川荘にネタ探しに来ることもなかったか」

「いや、望外川荘の見物を兼ねて、おりょう様に拝顔の栄をと考えてな」

「どうだえ、ほんもののおりょう様に会った感想は」

秀次親分が空蔵に話しかけたとき、駿太郎の凧の糸が切れて湧水池のほうに飛んでいった。それを九条が追いかけていき、駿太郎も従った。

「市村座の『薬研堀宵之蛍火』の折、高土間におられるおりょう様を遠くから拝見いたしましたがな。あのときも、眼千両の岩井半四郎丈、一首千両の酔いどれ様に加えて、美貌千両の北村おりょう様と思いました。だが、間近に拝見すると、この空蔵、おりょう様の顔をまともに見ることができませんよ、親分」

ほっほっほ
とおりょうが笑い声を上げた。

「空蔵さんならぬほら蔵さんとは、世間もよう言うたものですね。心にもないことをぬけぬけと申されます」

「いえ、虚言など申しておりませぬぞ」

空蔵が顔の前で手をひらひらと振った。

小籐次は、駿太郎を抱いた九条が庭に戻ってきてあいとお夕に凧の糸を巻くように命じたのを見ていた。

「九条どの、なんぞござったか」

「怪しげな連中が対岸の屋敷に潜んでおるようです」

「そなたの命と書付を狙う岩佐同心らか」

「まず間違いございますまい」

「この空蔵の出番もなく、そやつら意外に早く望外川荘を突き止めたぞ」

「そうではない、空蔵さん。そなたが連れてきたのだ」

「えっ、そんな馬鹿な」

「そなた、新兵衛長屋の勝五郎どののところに立ち寄ったと申したな。あやつら、長屋を見張っていたのだ」

「うへっ、ほら蔵としたことがしくじった」

「そうではない。そなた、十分に働いてくれたということじゃ。そなたを呼んだ眼目は、あやつらを早々にこの望外川荘に招くことじゃからな」

「というと、今晩にも襲うてくるか」

と空蔵が身震いした。

「間違いあるまい。九条どの、相手方の人数はどれほどかな」

「二十人はいそうな気配です」

「あっしがちょいとあたりを付けてきましょうか」

と秀次親分が言った。

「親分、やつらは須崎村に拠点を持っていたわけではあるまい。空き家の御寮に無断で押し入ったか、別邸の持ち主から強引に借り受けたかであろう。別邸には必ず百助さんのような、この須崎村を知り尽くした老爺が住もうていよう。百助さんを伴うてはどうだな」

「そいつはいい考えですぜ」

と応じた秀次親分が、百助の納屋に立ち寄るために縁側から姿を消した。

四

元日の深夜、そろそろ九つ（午前零時）の時鐘が鳴ろうという刻限、菅笠をかぶり、蓑《みの》を着込んだ小籐次は独り研ぎ舟を操り、隅田川と湧水池を結ぶ水路に止めた。

舳《へ》先に立てた竹竿の先に提灯を点し、まるで夜釣りでもするかっこうだ。

その手に釣り竿《ざお》はあったが、竿の先から釣り糸は垂れていなかった。

舳先を隅田川の流れに向けた小舟の左手には、長命寺の森が黒々と沈んでいた。

秀次親分と百助は、対岸にある室町の仏具商山城屋の別邸が久しく使われていないことを、そして、元日の昼過ぎから人を乗せた舟が出入りしていることを突き止めた。山城屋の別邸には番人はいなかった。だが、その東隣の寄合席巨勢《こせ》三郎助の抱え屋敷には、百助と親しい安蔵が番人として住まっていた。

百助を通じて安蔵に話を通した秀次は、巨勢屋敷の塀越しに山城屋の別邸を覗き、馬道の五郎蔵一家と用心棒の浪人剣術家が五、六人、総勢十六、七人が待機していることを確かめた。

だが、寺社方同心の岩佐泰之進らの姿はなかった。

岩佐らの到着を待って行動するに違いないと考えた秀次は、百助をいったん望外川荘に戻らせ、現状を小籐次に報告させた。

一人、巨勢屋敷に残った秀次は夕暮れの闇に紛れて塀を越え、別邸に侵入した。

船着場に新たな舟が到着した様子があったからだ。

別邸から五郎蔵が姿を見せ、猪牙舟を迎えた。

秀次が船着場近くの藪陰に忍んでいくと声が聞こえた。

「岩佐の旦那、ご苦労にございます」

「われら寺社方、正月三が日ほど多忙を極める時もない。抜けようにも上役が見張っておられるで、簡単にはいかぬ。なんとか警護方から抜け出られたのは、岡田銀蔵様がそれがしに急用と称したこちら行きを命じられたからじゃ」

「まだ押し込むには刻限もございますよ」

「望外川荘の様子はどうか」

「昼間、凧上げをしたりして、なんとも和やかな正月を過ごしておりましたよ」

「九条保次郎が潜んでいるのは間違いないな」

「へえ、それは間違いございません。うちの手先が子供たちと一緒に凧上げをする九条の野郎の姿を何度も確かめております」

「赤目はどうしておる」

「凧を手造りしたのは酔いどれの爺にございましてな。あやつ、なんとも器用な爺侍にございますな」

「だれの子か知らぬが、駿太郎という子を育てておるらしい。五郎蔵、油断するなよ。あの赤目小籐次、あの風体じゃが、御鑓拝借やら小金井橋十三人斬りやらをしのけた剛の者じゃぞ。九条保次郎め、えらいところに逃げ込んでくれたものよ」

「昼過ぎから女主の北村おりょうら総勢十数人が膳を並べて、正月を祝っておりました」

「その中に九条もいたのだろうな」

「むろんのことで。泉水越しに確かめたそうですが、なんとも和気藹々とした宴と手下《てか》が言っておりました」

「怪しい」

と岩佐泰之進が言った。

「怪しいとはどういうことで」

「酔いどれ小籐次、一筋縄でいく爺ではないわ」

「岩佐の旦那、吟味物調役岡田銀蔵様は、いつ腕利きの剣術家を連れてこられるのでございますな」

「夜襲は夜半過ぎと相場が決まっておろう。岡田様は、柳生新陰流の猛者《もさ》二人を連れて、夜半前までにはこちらに到着なされる段取りじゃ」

「ならば岩佐の旦那、酒を飲んでしばし体を休めて下さいましな。望外川荘襲撃の仕度は、四つ半（午後十一時）に終えていればようございましょう」

「まあ、そんなところかのう」

「柳生新陰流のお二人が赤目小籐次の動きを封じて下されば、あとは女子供だけでございますよ。九条の野郎をふん縛って、書付の隠し場所を体に聞くまでであ」

「相手は酔いどれ小籐次、油断はならぬ」

と言う岩佐泰之進と馬道の五郎蔵の船着場での話を藪陰からしっかりと耳に納めた秀次は、再び巨勢屋敷に戻り、二人の会話の一部始終を書状に認め、安蔵に使いを頼んで小籐次に届けさせることにした。

「よいか、安蔵さん。隣の連中の仲間が泉水越しに望外川荘を見張っているそうな。だからよ、百助さんの納屋を仲間が訪ねていく体で望外川荘に入り込んでくんな」

「親分、須崎村界隈のことは川向こうの連中より承知ですよ。百助さんを通してしっかりと、酔いどれ様に連絡《つなぎ》をつけますよ」

と請け合ってくれた。

安蔵がもたらした情報をもとに、小籐次は九条保次郎や喜多造と夜襲押し込みの対応を話し合った。

その結果、小籐次が独り研ぎ舟を水路に止めて、ただ今は寺社奉行の一人、水野忠邦の吟味物調役に就いている岡田銀蔵一行の須崎村到着を待ち受けることになった。

九つ（午前零時）の時鐘が浅草寺から川面を伝って響いてきて、隅田川から櫓の音が聞こえてきた。

小籐次は湧水池の岸辺をちらりと見た。闇の中に、小籐次が手作りした竹の弓矢を手にした九条保次郎が潜んでいる筈だった。でき上がった弓矢を九条に渡すとき、小籐次が尋ねたものだ。

「そなた、弓術をなすか」

「叔父が日置《へき》流の弓術の道場を経営しておりまして、子供の頃より習わされました。剣術同様に中途半端な芸にございます」

と九条は答えたが、青竹を割って即席の弓矢を作る小籐次にあれこれと注文をつけ、なかなかの強弓が仕上がった。

片肌を脱いだ九条が納屋の土間で弓を引くかたちを見た小籐次は、岡田銀蔵一行の待ち伏せを考えたのだ。

その九条から矢先に注文がついた。

「岡田銀蔵にしろ、岩佐泰之進にしろ、生かしたまま捕えたいのです。矢が突き立つのではなく打撃を与えて一瞬動きを封じ込めればよいのです。鏑矢《かぶらや》のようなものは作れませぬか」

「そなた、この赤目をなんと心得ておる。居候のくせにあれこれと注文までつけおって」

と小籐次は答えながら、九条がどうやら同じことを考えているらしいと胸の中でほくそ笑んだ。

小籐次が大川の合流部へと視線を戻すと、一艘の船影が見えた。腰の煙草《たばこ》入れから煙管《きせる》を抜くと、提灯の灯りで火を点《つ》けた。

小籐次は酒とは違い、煙草を嗜《たしな》まなかった。だが、時にいたずらしたくなることがあって、喜多造から煙草道具一式を借り受けていた。

ぎぃいぎぃい

と櫓の音が半町先に近づいてきて、湧水池に入ってきた船が小籐次の小舟に気付いた様子で船足を緩めた。

船足を落とした船に元日の夜から夜釣りかと訝《いぶか》しむ気配があった。

水路の幅は五、六間、その左右に枯れ葦が一間半ほど広がり、一段高い岸辺の土手があった。二艘の船はそんな水路ですれ違うことになる。

「夜釣りか」

と船上の客が船頭に問う声がした。

壮年の声は岡田銀蔵か。

柳生新陰流の猛者という一人が舳先に立ち上がり、煙管を咥《くわ》えて釣り竿を垂らす体の小籐次に、

「元日に夜釣りとは訝しい奴め」

と声をかけた。

「いかにも、正月早々から殺生は怪しかろう」

「なにっ！」

「寺社奉行水野忠邦様付き吟味物調役岡田銀蔵の船じゃな」

「な、なんと」

と船の中央から立ち上がった者がいた。

「赤目小籐次か」

「いかにも、そなたを手捕りにせんと待ち受けておった。潔く縛につかぬか」

岡田銀蔵の船は小籐次の小舟に二間半と迫っていた。

「こやつが酔いどれ小籐次とな」

と叫んだ舳先の柳生新陰流の剣術遣いが、肩に羽織っていただけの羽織を剝《は》ぎ取ると刀を抜き、一気に舳先を蹴って小籐次の小舟に飛んだ。いまだ小籐次が釣り竿を垂れて、戦いの仕度をしていないと見たからだ。

機先を制して虚空に飛んだ相手の動きを見た小籐次が、構えていた釣り竿を横手に、

ひょい

と振った。

手首の捻り一つで釣り竿の先端が弧を描き、飛んだ剣術家の面を鋭く打った。

あっ！

と叫びを洩らした相手の体勢が横に流れて水路に落ちた。

「やりおったな！」

と仲間の武芸者が船上で低い姿勢のまま、身仕度を整えた。代わりに岡田銀蔵が、

「こやつをなんとしても仕留めよ」

と叫びながら立ち上がった。

「お任せあれ、岡田どの」

と声が応じたとき、土手から弦の音がして、

ひゅーん

と鏑矢が風を切る音が響いた。

どすん

と鈍い音がして岡田銀蔵の胸を強打し、船中に尻餅をつかせた。

小籐次は手にした釣り竿の柄で水底をつくと、相手の船に小舟を寄せて立ち上がった。

大小二艘は舳先を合わせて止まった。

小籐次は蓑を脱ぎ捨てた。

相手も小籐次の動きを見て立ち上がった。すでに右手に白刃があった。

小籐次の腰間の次直は未だ鞘《さや》の中だ。

「柳生新陰流じゃそうな。姓名を名乗らぬか」

「われらがこと、知られていたか」

「多勢に無勢の戦いは備えが勝敗を決するでな」

「大和柳生諸星重太夫」

「赤目小籐次」

と互いが名乗り合った瞬間、舳先を合わせただけの船上で二人の武芸者が決死の戦いに入った。

諸星は両足を広げて舳先に安定を保ちつつ、小籐次が間合いを詰めるのを待った。

小籐次はそれに対して、提灯を吊るした竹竿を片手に保持すると、奇妙にも体を上下に動かし、小舟の舳先を揺らし始めた。

研ぎ道具が下ろされた小舟だ。さほど重くはない。舳先が大きく激しく上下した。その舳先で小籐次はさらに舳先を揺すり上げると、竹竿の先に吊るした提灯が揺れて燃え上がった。

(なにをする気か)

諸星が訝った。

次の瞬間、小籐次の体が舳先の揺れに合わせて虚空高く舞い上がり、驚く諸星の背後の胴の間に猫のように、
ふわり
と降り立った。

「おのれ」

舳先に両足を広げた諸星が反転したとき、小籐次は次直を抜きながら諸星との間合いを詰め、一気に胴を撫で斬っていた。

うっ
諸星が上げた恐怖の声だった。

「来島水軍流流れ胴斬り」

という呟きが洩れ、諸星が前屈みに船中に崩れ落ちた。

ううっ
と岡田銀蔵が意識を取り戻したか、頭を上げて目をきょろきょろさせた。

「腹黒い鼠《ねずみ》め、もうしばし眠っておれ」

小籐次が峰に返した次直で首筋をしたたかに叩き、再び気を失わせた。

「赤目様、溺れかけておったもう一人の剣術遣いも船に引き上げて縛り上げておきましたぜ」

船の櫓の音が響き、久慈屋の荷運び頭の喜多造の猪牙舟がこぎ寄せてきた。

猪牙舟には喜多造の配下の二人と読売屋の空蔵も乗っていた。取材に集中しているのか、空蔵はいつになく無口だ。

「まずは岡田銀蔵を召し捕った。あとは岩佐と五郎蔵らか。人数は十五、六人でも烏合《うごう》の衆よ。頭分を四、五人お縄にすればそれでよかろう。のう、九条保次郎どの」

「いかにもいかにも」

と満足げな声を上げた九条が、

「赤目小籐次様、聞きしにまさる腕利きにございますな。柳生新陰流の二人など子供扱いにございました」

「来島水軍流は船戦《ふないくさ》の剣法よ。あやつらが船上勝負を仕掛けたときから勝敗は決まっておるわ」

「ほうほう」

「ほうほうではないわ。とぼけの九条どの、そなた、なかなかの弓巧者じゃな。感心致した」

「あれはたまたま、まぐれ当たりにございます」

と言うところに、九条の立つ岸辺に秀次親分が姿を見せた。すると、こんどは九条が姿を消した。

「あやつら、岡田銀蔵らが遅いことに業を煮やして押し出して参りますぞ」

「親分、岡田銀蔵らは手捕りに致した」

「さすがは酔いどれ様、手早いこって。残るは雑魚《ざこ》どもの掃除にございますな」

「そういうことかのう」

と応じた小籐次が、岡田銀蔵らを乗せてきた船の船頭に顔を向け、質した。

「そなた、岡田銀蔵らの配下の者か」

「いえ、わっしは日本橋川の船宿小川屋の船頭の三八でございます」

「ならば三八さんや、もう少し付き合うてくれ」

「あなた様は、天下に名高い酔いどれ小籐次様にございますな」

「天下に名高いかどうかは知らぬが、赤目小籐次じゃ」

うおっ！

とそれまで艫で小さくなって震えていた船頭が雄叫びのような声を上げ、

「正月早々、酔いどれ小籐次様の雄姿を見られたなんて、今年は縁起がいいや」

と言った。

「そう大声を出すでない。もうひと戦あるでな。よいな、そなたの船はこやつら悪人ばらを乗せる船に致す。借り受けたぞ」

「へえ、合点で」

と船頭の三八が張り切ったところで、三艘の船は一旦、望外川荘の船着場に戻ることになった。

湧水池に入ると、対岸の山城屋の別邸から提灯をあかあかと点した二艘の船が押し出してくるのが見えた。

船着場に九条保次郎が、手足を縛《いまし》め、猿轡《さるぐつわ》をかけた男二人を連れて待っていた。

「こやつらが望外川荘の様子を覗いていた五郎蔵の見張りにございますよ、酔いどれ様」

と九条までが小籐次を酔いどれと呼び出していた。

「やはり九条保次郎どのはなかなかのタマじゃのう」

「酔いどれ小籐次様ほどにはございません」

「そやつは三八船頭の船に乗せよ」

岡田銀蔵らを乗せた三八の囚人船は、望外川荘の船着場に舫っておくことにした。

小籐次側の船は久慈屋の猪牙舟に小籐次の小舟の二艘だ。

「それがし、酔いどれ様の舟に同乗させて下され」

九条がさっさと乗り込んだ。

一方、喜多造の猪牙舟には、秀次親分と喜多造の手下の二人が、小籐次が手作りした長い竹槍《たけやり》を携えて戦闘員として乗っていた。その他に、見聞きしたことを帳面に書き付ける空蔵が乗り込んだ。むろん空蔵は船戦に従軍する読売屋ゆえ、筆が武器だ。

岩佐らの二艘は湧水池の真ん中に差し掛かっていた。

「迎え撃つぞ」

まず小籐次の小舟が船着場を離れようとした。すると囚人船の三八が、

「酔いどれ様、こやつら、気を失って動く気配はございませんや。酔いどれ様は船戦の総大将だ。櫓を握っていては不自由にございましょう。わっしにその役、回して下せえな」

と自ら志願した。

「それも理屈じゃな。願おうか」

小籐次が小舟の櫓を三八に託した。これで小籐次は身軽になった。

喜多造の舟の櫓は配下の一人が握った。大力の喜多造は、なんと九尺余の竹槍を構えて戦闘態勢に入っていた。

正月の深夜、須崎村の湧水池で船戦が展開されようとだれが知ろう。一気に間合いが詰まった。

「三八さん、相手方の真横からこの小舟を寄せてくれぬか」

と九条が願った。

「合点でえ」

小籐次手作りの弓につがえた矢は、鏑矢ではなかった。竹をすぱっと切っただけで尖《とが》らせてもいない。怪我をさせずに相手の戦闘意欲をそぐことが狙いだ。

小舟が岩佐泰之進と五郎蔵らが乗った船の横手に付けられた。水面が十間余開いていた。

「岩佐泰之進、赤目小籐次じゃ」

「おのれ、邪魔立てするか」

「九条保次郎、推参」

と弓を構えた九条が応じて、

「もはや岡田銀蔵は酔いどれ小籐次どのが召し捕ったぞ」

と叫ぶと、相手方の二艘の船に動揺が走った。

「虚言を申すな」

「酔いどれ様の業《わざ》を疑うか」

九条の言葉が終わらぬうちに弦から矢が放たれた音がした。

あっ
と悲鳴を上げた岩佐泰之進が後ろにひっくり返り、

「旦那」

と思わず立ち上がった馬道の五郎蔵の尻に九条の二の矢が突き当たって、池へと転落させた。

九条の弓の奇襲に浮き足立った相手方のもう一艘が逃げ出した。

「雑魚はよい。岩佐と五郎蔵の乗った船を押さえよ」

と小籐次の命が飛び、喜多造の猪牙舟の面々が竹槍の穂先を揃えて迫ったところで、相手方の船の船頭が、

「こりゃ、負け戦だよ。そんな側に加担なんぞしたくねえや」

と船を操ることを放棄宣言し、

「新春一番、酔いどれ小籐次大捕物、読売屋の空蔵がものにしたぞ！」

と空蔵が夜空に快哉《かいさい》を叫んだ。

「九条どの、岡田銀蔵らをどこへ引っ立てるな」

「町奉行大番屋に身柄を預かってもらうのが、いちばんようございましょうな。岡田を捕まえたのは須崎村にございますよ、町方の領分です。親分もおられるこ

とだしそれでどうでしょう」

「先のことは分りませんが、まずは南茅場町の大番屋に連れ込みますか」

秀次親分の言葉で、須崎村の捕物はあっけなく幕を閉じた。

第五章　おしんの仕掛け

一

正月三日の昼前、小籐次は駿太郎を連れ、芝口橋の紙問屋久慈屋に新年の賀詞を述べるために長屋を出た。

久慈屋は小売り店《だな》ではないが、商いの恒例どおり初荷は二日に行われる。須崎村の騒ぎで力を借りた荷運び頭の喜多造ら三人も二日の朝の初荷には姿を見せて、新造の荷船に積んで賑々しく得意先に送り込んだ。

二日は初荷ゆえ、小籐次は新年の挨拶を遠慮し、長屋でのうのうと眠りを貪《むさぼ》った。五十路《いそじ》を超えて徹夜など無理をしたあとは、体調が戻るのに必ず時を要した。

「酔いどれ小籐次も齢かのう」

独り言を呟きながら駿太郎の手を引き、晴着姿の娘や太神楽《だいかぐら》が往来する芝口橋を渡った。

久慈屋の店は開いていた。が、新年の挨拶をなす人々がいるばかりでいつもの様子とは違い、こちらもなんとなく晴れがましかった。

「おや、赤目様、駿太郎様、ふだんとはだいぶ様子が違いますな」

小籐次は継裃《つぎかみしも》姿で、駿太郎も羽織袴だった。

おりょうが新年のために前々から仕度してくれていたものだ。だが、年末年始にかけての騒ぎに晴着を着る機会がなかった。

昨夕、望外川荘の百助爺が新兵衛長屋に届けにきて、

「赤目様、久慈屋さん方の挨拶に着て行かれませと、おりょう様からの言伝だ」

と言いながら九尺二間の長屋を見渡し、

「天下の酔いどれ様の住まいはなんとも狭いの。やっぱり店賃が高いか。わっしは川のこっちにはとても住めねえ」

と呟き、憐《あわれ》みの目で小籐次を見たものだ。

「百助さんや、須崎村の望外川荘ほどの極楽がこの世にあるものか」

「ならば、なぜ引っ越してきなさらねえ。おりょう様も喜ばれように」

「あのような大きな屋敷はな、時に訪ねるからよいのだ。毎日住んでみよ、落ち着かぬわ。人間それぞれ分《ぶん》というものがある。わしはこの長屋で大胡坐《おおあぐら》かいて、茶碗酒を飲むのが性に合っておる」

「そんなものかね」

と言いながら百助はおりょうの心づくしの晴着を長屋に置いていった。


「馬子にも衣裳と申そう。爺のわしは別にして、駿太郎は一段と男ぶりが上がったように見受けられますが、どうですな、観右衛門どの」

と小籐次は駿太郎を従え、その場で一回りしてみせた。

「赤目様も、継裃姿じゃとなかなかの男ぶりにございますぞ」

「新年早々、赤目小籐次、観右衛門どのの言葉を真《ま》に受けそうじゃ。おおっ、忘れておった。これ、駿太郎、新年の挨拶じゃぞ」

と小籐次と駿太郎が姿勢を正して、

「大番頭さん、ご一統様、新年明けましておめでとうございます」

と挨拶すると、

「明けましておめでとうございます。赤目様、駿太郎様、本年もどうか旧年同様に入魂のお付き合いを願います」

と観右衛門が受けて、大勢の奉公人が新年の賀詞を和した。

「ささっ、奥へ参られませ。旦那様方が首を長くしてお待ちですよ」

と観右衛門が帳場格子の中で立ち上がったとき、芝口橋上にざわめきが起こった。

小籐次が振り向くと、欄干の向こうの人込みのうえに読売屋の空蔵の上体がにゅっと突き出ていた。踏み台に乗っているせいで、往来する晴着姿の上から空蔵の張り切った顔が久慈屋の店からも見えた。

読売と染められた真新しい半纏を着て、頭には手拭いで粋な吉原かぶり。片手に読売の束を持ち、もう一方の手に細い竹棒を携えていた。

「芝口橋を往来の皆々様に、読売屋の空蔵から新年のご挨拶にございます。文政三年明けましておめでとうございます。今年こそ平穏無事な年でありますように願い奉りとうはございますが、平穏無事ばかりでは、こちら読売屋は商売上がったり、飢え死にしなければなりますまい。しかし時には、世間様の気持ちをすかっとさせる話もなければ、面白くございませんや。そうでございましょう」

と空蔵が注意を引くように、竹棒を右から左にゆっくりと回した。

「ほら蔵、正月早々、なんぞネタを仕込んできたか」

「おう、よう聞いてくれましたな、長屋の厄介者」

「だ、だれが長屋の厄介者だ。この熊はな、さ、左官の熊五郎だぞ。厄介者じゃねえ」

すでに正月の酒に酔って呂律《ろれつ》が怪しい職人を、

「熊五郎さんや、おれが悪かった。いいかえ、熊五郎さんが申されるように、正月早々、天下無双の酔いどれ小籐次様こと赤目小籐次様がからむ騒ぎが、川向こうの須崎村で出来したってことですよ。そうそう、須崎村といえば、なにを隠そう正月七日、芽柳派を旗揚げして江戸歌壇に打って出られる北村おりょう様のお住まい、望外川荘のあるところだ。酔いどれ様とくれば、美形の歌人のおりょう様がつきものにございますよ。そんなわけで、騒ぎの舞台は須崎村長命寺そばの湧水池。それも元日の深夜の船戦ときた」

「船戦だと。そんな途方もねえ話がほんとにあったのか」

「よう訊いた。八つぁん」

「おりゃ、八じゃねえ。三次郎だ」

「おや、五つ下がりの三ちゃんかえ。おまえさん、この空蔵の話を疑ったな。いいかい、この話には難波橋の秀次親分から、ほれ、久慈屋の荷運び頭の喜多造さん方がからんだ話だ。嘘はございませんよ」

「なら、あたまだけでも聞かせろ」

今や芝口橋は晴着姿や一杯機嫌の男女でびっちりと人の波に埋まっていた。

「よし、この読売屋の空蔵、江戸っ子でございます、けちけちはしませんよ。いいですかい、正月の酒を酔い食らった耳をかっぽじって聞いておくんなせえ。

この芝口橋から北の方、金龍山浅草寺がからむ話だ。知ってのとおり、浅草寺の境内には子院が三十と四寺もございましてな、それぞれが昔から院の敷地を曰《いわ》くのある町人に貸していることは世間に知られたことだ。なんたって浅草寺の境内だ。なにがあっても町奉行所は手が出せない。寺社方も手が触れられない。悪党ばらにとってこんな極楽浄土があろうかという話だ。そこへ目をつけて賭場を設け、莫大な寺銭を稼いでる面々がいたと思いなせえ。そいつの探索に入られたのが寺社奉行の、おっと、これから先は明日からのお調べに差しさわりがあらあ。

この読売に酔いどれ小籐次様が活躍した騒ぎの一部始終が書いてありますよ。嘘いつわりではございません。おれがね、酔いどれ様に招かれて、船戦の場に従軍し、竹槍が突かれ、矢が飛び交い、刀が振るわれる危険な戦場《いくさば》で命がけで見聞きしたものですよ」

「ほら蔵さんよ、大仰すぎねえか」

「よう、言うた。おまえさん、あちらにおられる酔いどれ小籐次様に訊いてみねえ」

空蔵の話の先がいきなり小籐次に向けられ、久慈屋の店先から河岸道に出て群衆の目に己れを曝した小籐次が慌ててぺこりと頭を下げた。

「おおっ、酔いどれ小籐次、天下一!」

「なんだい、今日は継裃なんぞでしゃっちょこ張って、すましておられるね」

と橋上から声が飛んだ。

「往来のご一統様、新年明けましておめでとうござる」

と賀詞を述べると、橋上の群衆が一斉に、

「おめでとうございます」

と和した。

継裃姿の小籐次はざわめく橋上を手で制すと、

「読売屋の空蔵さんの話に嘘いつわりはござらぬ。それがしは未だ読売を読んでおらぬが、ほら蔵さん、いや空蔵さんの筆に誤りがあろう筈もない。船戦の最中に恐怖に耐えて歯を食いしばり、真実を見定めんと眦《まなじり》を決して筆を持つ姿に、それがし、あっぱれかな、読売屋空蔵と声の一つもかけとうなりました。どうか今年も、読売屋の空蔵さんをご贔屓たまわりますよう隅から隅までずいっとお願い奉ります」

と頭を下げた。

「ようし、御鑓拝借の酔いどれ小籐次に頭を下げられて、読売一枚買わないようじゃ、江戸っ子の面よごしだ。ほら蔵、おれに一枚くれ」

という声とともに、群衆が銭を持った手をあちらからもこちらからも空蔵に向って突き出した。

「押さないで下さいな。本日は橋のあちらこちらに売り子を配しておりますからな、私からばかりでなく売り子からも買って下さいよ。川向こうの騒ぎだが、なにしろ酔いどれ様、久慈屋、難波橋の親分がからんだ話だ。いわば身内の話ですよ。買ったり買ったり」

と最後は空蔵が煽《あお》り立てた。

橋上の騒ぎを尻目に小籐次が久慈屋の店に戻ると、駿太郎はすでに奥に通っていた。帳場格子に観右衛門と浩介の姿もなかった。

久慈屋の客も奉公人も橋上の騒ぎに見とれていた。

小籐次は勝手知ったる久慈屋のお店、三和土廊下から内玄関に回った。店から廊下を奥に向うと、駿太郎をあやすおやえの笑い声が響いてきた。

「本年は新年のご挨拶が遅れて申し訳ござらぬ」

小籐次が廊下から座敷に顔を突き出すと、久慈屋の当代昌右衛門にお楽夫婦、一人娘のおやえに、近々祝言を挙げる番頭の浩介、それに大番頭の観右衛門らが顔を揃えており、小籐次を迎えた。

「爺じい、久慈屋さまからお年玉をもろうた」

と包みを見せた。

「ちゃんとお礼を申したか」

「うん、できた」

「うんではない。そなたは武士の子じゃ、はいと答えなされ」

「はい、できました」

駿太郎に頷き返した小籐次は姿勢を改めて、年始の言葉を述べようとした。

すると、

「爺じい、駿太郎がすませたぞ」

と駿太郎が言った。

「なにっ、爺の代わりに年始の挨拶をなしたか」

「赤目様、駿太郎様は回らぬ舌でちゃんとご挨拶をなさいましたよ。さすがお侍のお子は違うと、皆で感心していたところです」

とおやえが笑った。

「来年は駿太郎ひとりで年始に回れそうじゃな」

「はい、畏まりました」

駿太郎が受けて、一座が大いに感心した。

そのとき、小僧の梅吉が姿を見せて、

「読売屋の空蔵さんが、新年のご挨拶とお礼にと参っておられます」

と知らせてきた。

「また派手に、うちのことまで宣伝にこれ努めてくれたようですな。浩介、空蔵さんをこちらにお呼びしなされ」

昌右衛門が婿になる浩介に命じ、梅吉と一緒に一旦お店へと下がり、そこへ女衆が膳を運んできた。

「赤目様、正月にございます。存分に召し上がってくださいまし」

と言うところに、浩介に連れられた空蔵が姿を見せて、

「久慈屋様の奥の院までお招きいただき、読売屋の空蔵、恐縮至極にございます」

と言いながら吉原かぶりの手拭いを解いた。

「どうです、正月早々の商いは」

「旦那様、酔いどれ小籐次様がからむ読売は外れがございません。こたびも芝口橋だけで四百の読売をあっという間に売り尽くしました。なんたって赤目様御自ら継裃姿でご挨拶、千両役者に宣伝これ努めて頂いたのです。売れないわけがございません」

「空蔵さん、うちの分はございませんので」

と観右衛門が案じた。

「久慈屋さんの奉公人が登場する読売にございますよ。十枚ほど残してございます」

空蔵が懐から取り出して昌右衛門に渡した。

「空蔵さん、新春歌会に触れたかな」

「さらりとな、触れました。赤目様、ご心配あるな。空蔵が筆を抑えて書きましたゆえ、寺社方も町方もなんの文句のつけようもないだろうよ。明日からの取調べ次第では松平武厚様の株が一気に上がるぜ。かと申して、松平様のお名も水野様方の名も一切読売には出してない」

と空蔵が胸を張った。

「そなたの腕前はとくと承知しておるで、心配はしておらぬ」

「だが、赤目様のご心配はおりょう様の新春歌会の成功だろう。こちらも、仕上げをごろうじろってわけですよ」

と自らを得心させるように頷いた空蔵が、

「それよりちょいと気にかかることが」

と小籐次の耳に口を寄せた。そこへ、

「赤目様、これならば空蔵さんの言われるとおり、寺社方も町方も文句のつけようがございますまい。浅草寺の子院の賭場が摘発されれば、懸案の頭痛のタネが一掃されます。ご公儀にとって悪いことではございません。ですが、寺社奉行四人は、摘発する側とされる側、いささか明暗が分れましょうな」

と読売をすばやく読み終えた観右衛門が二人の間に入ってきた。

「それに赤目様、望外川荘の新春歌会の一件もさらりと告知されております。空蔵さんも気を配られたようです」

　と言い添えた。

「大番頭さん、うちの奉公人の喜多造らが赤目様を手助けして大いに働いたと大げさに書いてございませんかな」

「旦那様、真のことですので、よいではありませんか。その代わり、松平武厚様の吟味物調役の密偵さんの活躍は、なにも触れてございませんな」

「大番頭さん、九条保次郎様の活躍にふれますと、明日からのお調べにあれこれと差しさわりが出てきましょう。おれとしては、この一件の図を岡田銀蔵なる水野様の吟味物調役、同心岩佐某、馬道の五郎蔵ら賭場を仕切っていた直接の悪人ばらに絞って書きましたでな、いささか内情を承知の方は物足りなく思われましような」

「いや、こたびのことはその程度で筆を留《とど》めるのがよかろう」

「赤目様、その代わりですぞ、赤目様が柳生新陰流の、なんと言ったかな」

「諸星重太夫どのか」

「そうそう。その諸星との舟の舳先を合わせての船戦の模様は克明に書きました

で な、客は十分に満足しただろうよ」

「いかにもいかにも」

と昌右衛門が大いに頷き、

「ささっ、空蔵さんがひと仕事したお祝いに酒を飲みましょうかな」

と声をかけた。すると小籐次の膳にだけ一升入りの、朱塗りの大杯が載っており、おやえと浩介が、

「赤目様、今年も宜しくお願い申します」

と言いながら、徳利の酒を左右から注ぐ様子を見せた。

「久慈屋の若夫婦にお酌をされるとは、酔いどれ小籐次、幸せ者にござる」

と大杯を両手に持ち、酒を受けた。

「私どもはまだ夫婦《めおと》ではございません」

と浩介は言いながらも徳利の酒を次々に大杯に注いだ。一升入りの大杯に六、七分どおり注いでもらい、周りを見回すと、すでに全員が盃を手に小籐次の挨拶を待ち受けていた。

「おめでとうございます」

と再び賀した一同が自らの盃の酒を飲むふりをしながら、小籐次の飲みっぷり

を注視した。

小籐次は両手に捧げた大杯に顔を近づけ、まず酒の香りを楽しんだ。そうしておいて唇を大杯の縁に付けると、両手の大杯をゆっくりと傾けた。

口の中を酒精が満たし、それが喉へと落ちていく。すると酒を感じた細胞がゆるゆると緩み、酔いの序曲を奏で始めた。

ごくりごくり
と喉が鳴り、大杯が立てられた。

継裃を着た赤目小籐次の顔が朱塗りの大杯にとって代わられたようだった。しばしその姿勢で動きを止めた小籐次が、
すうっ
と朱塗りの大杯を下ろすと、小籐次の顔が恵比須顔に変わっていた。

「おうおう、うちにもこれで文政三年のほんものの正月が参りましたよ」

と昌右衛門が満足げに言い、手にした盃の酒を美味しそうに飲み干した。

久慈屋の新年の宴は夕餉の刻限近くまで続き、小籐次と駿太郎、それに読売屋の空蔵は、祝儀を頂戴して六つ半（午後七時）過ぎに店の外に出た。

「空蔵さん、大丈夫か」

「だ、大丈夫とはなんだな。よ、酔いどれ様」

「酔いどれ様ではないぞ。そなた、気にかかることがあると申したであろうが」

「気にかかること、そんなこと言ったかね」

と呂律の回らない口で応じた空蔵は、ちょうど通りかかった空駕籠《かご》を止めた。

「旦那、だいぶきこしめしましたね」

と駕籠屋の先棒《さきぼう》が空蔵の脱いだ草履の底を打ち合わせて言った。

「なにが、きこしめしただ」

駕籠屋に応じる空蔵は、それでもなんとか駕籠の中に納まった。

「駕籠屋さん、行き先を承知か」

「ほら蔵さんでございましょう。ちゃんと届けますんでご安心なさって下せえ、赤目様」

と駕籠屋が請け合った。そして、先棒と後棒《あとぼう》が呼吸を合わせて肩を入れて駕籠を担ぎあげたとき、空蔵が手をひらひらさせて小籐次を呼び、

「お、思い出した。し、真文二分判金の贋金のい、一件が、ち、近々動く」

と言い残すと、駕籠は芝口橋際から日本橋に向って駆け出した。

（空蔵さん、酔うても正体は失っておらぬか）

と思いながら駿太郎の手を引くと、空蔵とは反対に芝口橋を渡って新兵衛長屋に向った。

二

新兵衛長屋に戻ると、腰高障子の内側に灯りが入っているのが分った。

（待ち人か）

一瞬刺客かと身構えたが、正月早々刺客が灯りを点して待つわけもあるまいと思った。

木戸口から人が入ってくる気配を感じたか、勝五郎の家の戸が引かれ、当の勝五郎の顔が覗いた。

「待ち人は容子《ようす》のいい女だぜ。いいな、酔いどれの旦那はよ、その顔であちらこちらの女にもてるときた。それも美形ばかりだ。近頃の女って、年寄りでよ、もくず蟹顔が好みかね」

と嫌味を言った。

「女性《にょしょう》とな、心当たりがないが」

と応じた小籐次は、

「つい最前まで読売屋の空蔵さんと一緒であった」

「なに、また読売のネタがあったか」

勝五郎が酒臭い顔を小籐次へと突き出した。

「そうではない。久慈屋で年始の酒を一緒に頂戴していたのじゃ。空蔵さんもそなたも、須崎村の湧水池の船戦の一件で正月早々ひと稼ぎしておるではないか。こちらはネタを提供するばかりで稼ぎにならぬ。そなたの口癖の、釜の蓋が開かないという台詞《せりふ》を言いたいのはこちらのほうだ」

「ちぇっ、先にそいつを言われちゃ形無しだ。だけどよ、待ち人の女もきっと、酔いどれの旦那に読売のネタになる話を持ち込んだ口だぜ」

と勝五郎が声を潜めた。

「世の中、すべてそなたの考えどおり回っているわけではなかろう。それより、三が日も終わった。早う寝て酒っ気を抜くがよい」

と言うと、駿太郎の手を引いて自分の部屋の戸を引いた。すると、婀娜《あだ》っぽく髪を崩して結い上げた女が笑みを浮かべて待ち受けていた。

「待ち人とはおしんであったか」

町人風の形だが、正体は老中青山家の武家奉公のおしんだった。

「どなたかでなくてごめんなさいね」

とおしんが笑って、

「駿太郎様も大きくなったわね」

と草履を脱ぐ駿太郎を抱き上げた。

「おしんさん、使い立てして申し訳ないが、駿太郎の晴着を脱がせて、寝間着に着替えさせてくれぬか」

「畏まりました」

と四畳半の隅に積んであった夜具の上の寝間着を目に留めたおしんが、

「駿太郎様、羽織から脱ぎますよ」

と手際よく着替えさせ、ついでに夜具を延べると駿太郎をその上に座らせた。

「爺じいの知り合いか」

「駿太郎様はこのおしんを覚えておられませぬか。赤目様とは古い、いえ、古くはございませんが知り合いですよ。もうだいぶ遅うございます、駿太郎様もお眠にございましょう。おしんが子守歌を歌って差し上げましょうか」

「駿太郎はもう赤子ではないぞ。爺じいに、ろのこぎかた習うておるぞ」

「それは感心なことにございます」

部屋の中は火鉢の火が熾って五徳《ごとく》の上の鉄瓶がしゅんしゅんと沸いているせいで温かかった。

小籐次は狭い板の間の端で継裃を普段着に着替えた。

「赤目様の継裃姿なんて、正月らしくていいもんですね」

「おしんさん、そなたはのしイカ姿は見慣れておるゆえ、食傷しておろう」

おしんは老中青山忠裕《ただやす》の子飼いの密偵だった。時に懐に西洋短筒《たんづつ》を忍ばせて、殺気立った現場に乗り込むこともある腕利きでもあった。これまで小籐次とは、お互いに助けたり助けられたりしてきた。

老中青山下野守《しもつけのかみ》忠裕は丹波篠山《ささやま》藩五万石の城主で、老中には文化元年（一八〇四）に起用されたため、老中在職十六年の老練だった。幕閣では先任がなによりカを持つ。今の老中の中ではただひとり二年ほど先任の土井利厚がいた。この土井も二年後には老中を辞したため、青山忠裕の老中主座時代は長く天保六年（一八三五）まで続く。現在《いま》もすでに老中主座を窺う立場にあるのがおしんの主だった。

とまれ、話が先に進み過ぎた。

小籐次が火鉢の前に座ると、

「駿太郎様、お休みなさい」

と手際よく駿太郎を寝かしつけたおしんが小籐次と向き合う席に戻ってきて、

「赤目様には茶がよいようですね」

と茶を淹れ始めた。

「客にそのようなことまでさせて相すまぬ」

「赤目様にはあちらこちらにいい女《ひと》がおられて、かようなことは慣れておられましょう」

「勝五郎どのの言葉を真に受ける人があるものか」

「いえいえ、読売でたびたびお目にかかる北村おりょう様とは仲睦まじいそうな。お隣さんではございませんが、どうして赤目様だけがさようにお持てになるのでございましょうね」

「おしんさん、未だ三が日じゃが、このおいぼれ爺をからかいにきたか」

「あら、御用を忘れるところでした。赤目様、須崎村で寺社奉行付きの吟味物調役岡田銀蔵、同心岩佐泰之進、馬道の五郎蔵らを見事にお縄にかけたのは赤目小籐次様にございますそうな。殿様も、正月というに赤目小籐次どのには世話になるのうと仰せでございました」

「寺社方がからむ須崎村の一件か。それにしても青山の殿様、素早い反応じゃな」

現役の寺社奉行二人と先の寺社奉行がからむ話だ。始末の付け方次第では幕府を揺るがしかねない事件だった。

「赤目様、今宵の御用はそのことではございませぬ」

「なに、新たな話か。身が持たぬぞ」

「どこへ行っても、いつ何刻であれ、赤目小籐次様は騒ぎと女がついて回りますから、身は持ちますまい」

「今宵のおしんさんは、嫌味が後を引くな。屋敷でなんぞござったか」

「はい、ございました。赤目様同様、こちらも年末年始に関わりなく御用で駆けずり回っております」

「おしんさん、気の毒とは思う。じゃが、明日は正月も四日、そろそろ研ぎ仕事を始めぬと」

「釜の蓋が開きませぬか」

「聞いておったか」

「赤目様、新たな事件を持ち込んだのではございません。すでに赤目様と関わりの騒ぎにございます」

「なにっ、わしとすでに関わりがあるとな。もしや真文二分判金の贋金の一件ではあるまいな」

「はい、それにございます」

小籐次は、別れ際、空蔵から耳打ちされた事件がこのように早く己の身に降りかかるとは考えもしなかった。

「一難去ってまた一難か」

「そう申されますな。永代橋の上から投げ落とされた肥前長崎の元針職人升次の体を引き上げたのは、赤目様にございましょう」

「それはそうじゃが、わしの仕事は新川の斎藤棟秀先生の診療所に運び込んだところまでと思ったがのう」

「それで済むわけもございますまい。観念なさいませ」

おしんが嫣然たる笑みで小籐次を見た。

小籐次はおしんが淹れてくれた茶を喫して気持ちを立て直した。

「赤目様の手に升次が押し付けた花御札、肥前長崎のおくんちで使われるものだそうですね。升次は長崎で造られた真文二分判金の贋金を江戸に運び込む手先の一人と推測がつきます」

このことは秀次親分からも説明を受けていた。

「升次が殺されたのはやはり仲間割れか」

小籐次が話を進め、おしんが頷いた。

「文化六年、小普請奉行から長崎奉行に転じた村屋紀伊守伸道様は、長崎奉行でひと財産築かれた後、江戸に戻られて無役の寄合席に編入されました。村屋様は長崎奉行時代の旨みのある暮らしからなかなか抜けきらなかったとみえて、江戸に戻られても今日は柳橋、明日は吉原という遊興の日々。いくら長崎で稼ぎためたとはいえ、連日連夜の茶屋遊びでは金蔵が保《も》ちませぬ。そこでよからぬことを考えられた。長崎時代の知り合い、油屋町乙名《おとな》にして船問屋の五島屋千右衛門を通して、抜け荷の品を江戸に送らせ、抱え屋敷用人の早川八郎平が番頭代わりに売りさばいて利を得ていたそうです。そのうちだんだんと手を広げ、五島屋の懐事情もあって、弁才船を一隻借りして抜け荷をしこたま積み、江戸へと送り出したそうな。ところが、運悪く抜け荷を満載した借り上げ船が紀州灘《なだ》で大波を食らい、転覆しました。大損をした遭難騒ぎは一年半も前のことにございましたそうな。そこで村屋側と五島屋側があれこれと話し合い、八十二年ぶりに改鋳された粗悪で評判の真文二分判金の贋金造りを企てたようなのです」

「いかに贋金とは申せ、大量の二分判金を造るには純金が要るだろう。落ち目になった五島屋と村屋らに、ようもそのような金が用意できたな」

「そこなんですよ。長崎側で贋金造りの元手を募ったところ、元手の純金を用意したのは、なんと唐人町の唐人らにございましたそうな。温不宣という唐人の抜け荷商人が一枚嚙んだ話が発展しての所業にございますそうな」

「おしんさん、そこまで調べたのじゃ。もはや長崎奉行と協力し、元長崎奉行村屋伸道、五島屋千右衛門、唐人の温不宣なる抜け荷商人をお縄にすればよいことではないか」

「そこでございますよ」

おしんが小籐次の顔を見た。

「七日には望外川荘で新春歌会があってな」

「北村おりょう様が、その席で芽柳派旗揚げをなさるのでございましょう」

「いかにもさよう。それがしには贋金造りの一味の捕物騒ぎに関わる余裕はないぞ」

「新春歌会は七日、手入れは明日にございます」

とおしんがあっさりと言った。

「五十路を超えた赤目小籐次を、そなたの主は使役しようというのか」

「赤目様、お気の毒とは存じます。されど殿様が仰せられるには、後藤家と幕府の財政事情で改鋳した真文二分判金の評判が芳しくないところに大量の贋金が江戸に流入致さば、幕府は潰れかねぬ。さすればいちばん痛手を蒙るのは小商人や日銭稼ぎの職人など江戸で暮らす下々の者、人情に篤い赤目小籐次どのが黙って見過ごすはずはない、とのことでございますよ」

「おしんさん、いつからそのように口が上手になったな」

「あら、私としたことがつい、赤目様と一緒に働きたい一心で喋りすぎてしまいました」

「江戸の市中を混乱させるほどの贋金が、どこぞに収蔵されておるのか」

「明晩、江戸内海の神奈川沖に唐人船が入り込み、村屋側が受け取ることになっているそうです」

「ならば、元長崎奉行にして直参旗本がからむ事件、目付衆なり町方の手勢を神奈川沖に出張《でば》らせて一網打尽にすればよかろう」

「赤目様、これまで生死を共にしてきた仲ではございませんか。それでは冷とうございます」

とおしんの声が高くなった。

「おしんさん、いかに市中を混乱させる贋金とは申せ、なぜ老中青山様がそう張り切られるな」

「赤目様、張り切っておられるのではございません」

「ではなんじゃ」

「先の真文二分判金改鋳は、勝手掛老中水野忠成様が純金の品位を落とす出目ねらいの禁じ手をとられたがために、世間の評判を落としております」

「自業自得じゃな」

「そう申されますな。この悪評に贋金が加われば、市中の混乱は計り知れません。水野様より先任の青山様がここで恩を売っておくのも、政《まつりごと》の常套手段にございましょう」

「知らぬな、おしんさん」

「赤目様、幕府の財政は危機に瀕しております。こたび唐人が江戸に持ち込む贋金の額は、何十万両にものぼると推測されるそうな。贋金の金目を二割に見積もったとしても、莫大な金が贋金から得られます」

「とうとう本音が出たな」

「それにもう一つ」

「なんじゃ」

「これらの話は長崎奉行所から知らされたものにございますが、ひとつ気がかりなことが。唐人船は南蛮鉄砲を積んで武装し、その中に身の丈七尺余の荘羅漢なる唐人武術家が乗っているそうにございます」

「身の丈七尺じゃと。それがしより二尺は大きいぞ。大人と小人、太刀打ちできぬな」

「赤目様、唐人の贋金を江戸に持ち込ませてよいのでございますか」

おしんの強談判《こわだんぱん》に小籐次は、

うーむ

と唸った。

長い沈黙の時が二人の間に流れた。

「永代橋の騒ぎはなんのためだ」

と小籐次が最初の謎に話を戻した。

「針職人だった升次は長崎の五島屋の使いで、村屋側との交渉は升次が仕切っていたようなのでございます」

「なぜ騒ぎが生じたな。贋金造り、贋金遣いと立場は違え、仲間であったろうに」

「村屋側には、明日の贋金受け取りの際に春先から換金した金子をまず升次に渡す約定ができていたようでございます。それがどうやら村屋側は贋金から換えた真の金子を渡すのが惜しくなったか、すでに使い果たしたか。そのことに気づいた升次は当然、唐人船から贋金を受け取る際に必要な割符の花御札を村屋側に渡さなかった。村屋側ではなんとしても、長崎で造られた真文二分判金の贋金が欲しくて、升次から強引に花御札を取り上げようとしたのでございましょう。升次もそのことを察していたので、人込みの中で会う算段をして、会見場所が暮れの永代橋になったようです」

「橋の上でひと悶着あってあのような仕儀に至ったか」

「かと思われます」

「つまり、贋金の受け渡しは贋金造りの元手を出した唐人一派と、江戸で贋金を遣うてほんものの小判や小粒に換金する村屋側との間で行われる。その際、割符が要るというわけじゃな。明晩、村屋側は割符もなく、唐人側に当然渡すべき金もなしに贋金を受け取ろうという算段か」

「そこでございます」

「なんじゃな、おしんさん」

「村屋側は無鉄砲にも割符なし、金の仕度なしで受け渡しの場に乗り込み、腕ずくで相手を威圧し、船ごと乗っ取る無謀な企てを考えているのです。この話は私が直《じか》に村屋屋敷に潜り込んで探索致しましたので、間違いございません。村屋屋敷には五、六十人の不逞《ふてい》の浪人やらやくざ者がおりまして、鉄砲洲から百五十石船二隻に分乗して、取引きの場に向う予定にございます」

「聞けば聞くほど呆れた話じゃ」

「いかにもさようです。ですから赤目様の出番は、二派が衝突してつぶし合いをした後に乗り込み、七尺余の荘羅漢を倒せばよいことにございます」

「おしんさん、そなた、いつからきつい女子《おなご》になられた」

「赤目様の好みの女子ではございませんか」

「冗談など言うておる場合か」

小籐次はしばし考えたが、なんの思案も浮かばなかった。

ふうっ

と息を吐いて茶を喫す小籐次に、

「正月七日は、人日《じんじつ》。ご存じのように五節句の一つですので、総登城の日にございます」

とおしんが話柄を変えて言い出した。

「それがどうしたな」

「下城の折、殿様が風流にも船で望外川荘の新春歌会を覗いてみようかと言い出されました」

「な、なんじゃと」

「殿様が仰せられるには、歌人などという輩、とかく狷介《けんかい》頑迷な老人が多い。そこへ、いくら才があるとはいえ女歌人が入っていくのは険しかろう。余計なことじゃが、予が北村おりょうの後見を務めよう。さすれば、頭の固い年寄りどももあまり訳の分らぬことは言うまい、とのことにございました」

「思いもかけない話かな」

と小籐次は呟いた。

こたび、望外川荘に顔を見せる中に、古典連歌曙天派の音嶺塵外と京雅流三条綾麻呂の二歌人がおり、おりょうの芽柳派旗揚げにひと悶着起こそうとしていることを思い出した。歌人に刀で立ち向えるわけもない。

(どうしたものか)

「赤目様、お迷いになることはございませんよ。殿様は雅号の青嵐での訪いにございます」

「なにやら今宵はおしん狐に丸め込まれたような気が致す」

と小籐次が呟き、おしんが、

「こんこん」

と笑った。

三

六郷川の河口から半里ほど沖合に、五百石ほどの大きさの船が一刻半(三時間)も前からひっそりと停泊していた。

刻限は四つ半のことだ。

江戸の内海に冷たい筑波颪が巻くように吹き、夜目にも白波が立っているのが見えた。帆を下ろした船には何人も乗船していないのか、波にぎしぎしと船体を軋ませているばかりだ。だが、見る人が見れば、物音ひとつしないように思える船に緊張が満ちているのがわかった。

さらに半刻、一刻と時が流れた。

江戸の方角から夜にも拘らず筑波颪を帆に孕《はら》ませ二隻の百五十石船が灯りも点さず押し出してきた。

元長崎奉行村屋紀伊守伸道の用人早川八郎平に率いられた村屋家の家臣、雇われ剣客、やくざ渡世の無宿者など烏合の衆を分乗させた船だった。

二隻の帆船は、五百石船の一町ほど沖合で停船した。

無灯火のまま停船する船は、時折沖合に向って松明《たいまつ》の灯りを左右に振った。おそらく、春先から流通する偽の真文二分判金が江戸に運び込まれたときの受け渡しの折に交わされる合図だろう。

四半刻もしたか。内海の南から明らかに和船と異なる船影が姿を見せて、松明の灯りに吸い寄せられるように接近し、二隻の帆船の傍らに舳先を南に向けて停船した。

唐人の乗るジャンク船だ。千石船の二倍もの大きさがありそうな唐人船は、一枚の網代《あじろ》帆を下ろし、碇《いかり》を沈めた。さらにがたんがたんと両舷《りょうげん》の船腹から音がして砲門が開き、黒々とした砲身が突き出された。

長櫓を使って二隻の帆船が無言裡《り》にジャンク船の横腹に近づき、両舷に一隻ずつが寄せられると、ジャンク船に灯りがいくつか点され、百五十石船の揚げ蓋甲板に千両箱のようなものが積まれているのが遠目にも見えた。

五百石船の揚げ蓋甲板に二つの人影が動いて、百五十石船に遠眼鏡が向けられた。

「赤目様、村屋側も知恵を絞られましたよ。偽の千両箱を用意して唐人船を騙す心づもりですよ」

と遠眼鏡を覗くおしんが言いかけた。おしんはいつもの婀娜姿ではなく忍び装束だ。傍らにいた小籐次が、

「唐人をそうそう簡単に騙せるものか。浅知恵がいつまで保つか」

と答えた。

小籐次は破れ笠をかぶり、骨組みの間に竹とんぼを差し込んである、いつものとおりだ。腰には備中次直が一本だけ、脇差の代わりに、前帯に竹を割る小鉈《こなた》が

差し込んであった。

「村屋側は無い袖はふれません。渡すべき金子もなく割符もない。そこであのような見えの偽千両箱策をひねり出したのでございましょう」

五百石船の船倉には、大目付、町方、さらには老中青山家の選《え》り抜きの腕自慢が六十人ほど、額に鉄片入りの鉢巻きをし、鎖帷子《くさりかたびら》を着込み、足元は武者草鞋《むしやわらじ》、手には短槍を手に、緊張の面持ちでそのときを待ち受けていた。その中には青山家の目付組頭に昇進した中田新八がいた。

新八はおしんの同輩として老中の密偵を務めてきたが、半年前、目付組頭に抜《ばっ》擢《てき》されていた。

ジャンク船から縄梯子《なわばしご》が下ろされ、村屋側から数人の人影がジャンク船に乗り込んでいった。

何事か話が交わされ始めた。

「おしんさん、参ろうか」

五百石船の右舷に古びた一艘の伝馬船《てんません》がひっそりと繋がれ、小籐次とおしんは五百石船から垂らされた綱を伝って伝馬船に下りた。舫い綱を解くと小籐次が櫓を握り、舳先のおしんが五百石船の船腹を両手で押した。

伝馬の胴の間には、筵《むしろ》がかけられた荷がこんもりと積まれていた。

「赤目様、お願い申します」

伝馬船の真ん中に座したおしんは、懐に納めた布包みを抜き出し、解いた。すると、六郷川河口に設けられた常夜燈の灯りに黒々とした西洋短筒が見えた。おしんは使い慣れた様子で装弾を確かめた。

唐人の甲高い叫び声が上がり、騒ぎが始まった。

偽の千両箱が見破られたか、あるいは割符を村屋側が持参していないことが判明したか、唐人の追及するような言葉が続き、早川用人らしき人物がぼそぼそと言い訳をしている様子があった。

わあっ！

という喚き声とも怒声ともつかぬ声がぶつかりあった。

二隻の百五十石船から武装した一団が、ジャンク船の船腹に垂らされた縄梯子をよじ登り、唐人船の甲板に飛び込んでいった。それに気付いた唐人たちが青竜刀や矛で襲いかかった。

ジャンク船に銅鑼《どら》が鳴りわたり、戦闘態勢が告げられて、一段と騒がしくなった。

不意をつかれた感の唐人側が鉄砲をぶっ放したか、銃声も響いた。村屋側の早川用人か、

「一気に制圧せよ」

という声がした。

唐人船の船上で大乱戦が始まった。

その最中、小籐次は伝馬船をジャンク船の船尾に寄せた。ジャンク船の艫には船上から縄が垂れていた。海水を汲《く》むための縄か、先端に木桶が結ばれて海面に浮いていた。

小籐次はその縄を摑むと、伝馬船をジャンク船の船尾に密着させて繋いだ。

「おしんさん、鉤縄《かぎなわ》をジャンク船に打ちこんで下され」

心得たおしんが鉤のついた麻縄をぐるぐると回し、唐人船の補助帆を張る帆桁に投げ上げて鉤を絡め、何度か引いてしっかり絡んだか確かめた。

「いいですよ、赤目様」

小籐次は用意していた火縄をふうふうと吹いて火を熾すと、伝馬船の胴の間の筵を剝いだ。すると、そこに唐人船の船尾に穴を開け、舵《かじ》を壊す程度の煙硝樽が積まれており、樽から口火の導火線が伸びているのが分った。

唐人船を航海できなくするための火薬量だ。そう多くはない。

小籐次は火縄を導火線に近づけ、

「おしんさん。さあ、行ってくれ」

と言った。

船上では両派が必死の戦いを繰り広げている様子で、最初こそ襲撃側の村屋方が攻勢だったが、船戦に慣れた唐人側が盛り返した気配が伝わってきた。

「ああ、やられた」

「くそっ、腹を斬られたぞ。だれか血を止めてくれ」

という泣き言が聞こえてきた。

忍び装束のおしんが麻縄を伝い、補助帆の桁へとするすると上がっていき、すぐに帆桁に到着すると、ジャンク船の甲板に飛んだ。いったん姿を消したおしんが顔を覗かせて、上がるように手を振った。

小籐次は伝馬船を捨てる前に五百石船を振り返った。

音がしないように静かに碇を上げた帆船が長櫓を使い、ゆっくりと動き出していた。その揚げ蓋甲板には人影がうごめいて竹梯子がいくつも掲げられているのが見えた。

「よし」

と声を伝馬船に残した小籐次は、おしんを真似て麻縄を伝い、唐人のジャンク船へとよじ登っていった。

「赤目様、急がなければ火薬樽が爆発して、赤目様の尻が千切りとられますよ」

とおしんが低声《こごえ》で急がせた。

「おしんさんのように身軽にいくものか。こちらは五十路を超えた人間じゃぞ」

とぼそぼそ独り言を言いながら、小籐次は尺取り虫のように帆桁に這い上がった。すると、おしんの背後に鉄砲を構えた二人の唐人が迫っているのが見えた。

おしんは気付いていない。また唐人らも帆桁の小籐次に気付いていなかった。

おしんが小籐次を見た。

小籐次が目玉の動きでおしんの背後に忍び寄る敵を教えた。

勘よく頷いたおしんが、懐の西洋短筒の銃把に手をかけてくるりと振り返った。

唐人二人が鉄砲の引き金を引こうとしたところへ、おしんが、

「あれっ」

と黄色い悲鳴を上げた。

唐人らはまさか女とは考えもしなかったか、引き金を引くことを一瞬躊躇《ちゅうちょ》した。

その迷いが二人を死に追いやった。

おしんが西洋短筒を抜き出すと狙いも定めず引き金を引いた。

至近距離だ。

おしんの腕前なら外すわけもない。慌てて反撃しようとした唐人の一人が後ろ向きにふっとばされて甲板に落ちた。

残った一人がおしんを撃とうとしたとき、帆桁上に跨った小籐次が小鉈を投げた。くるくると回った小鉈が、

がつん

と唐人の額に突き立ってジャンク船の壁に叩きつけた。

「助かりました」

とおしんが小籐次に礼を言ったとき、

ずずーん

という海底から突き上げられるような衝撃があり、おしんは甲板に倒れ、小籐次は必死で帆桁に抱き付いたが、帆桁からおしんの転がる甲板に吹っ飛ばされた。

六郷川の沖合に大きな火花が上がり、ジャンク船が、

がたん

という音を響かせて右舷側に傾いた。

小籐次とおしんの転がる傍らに、飛び散った木片が落ちてきた。小籐次が見ると、それまで跨っていた帆桁が折れ飛んでなくなっていた。

「おしんさん、九死に一生じゃぞ」

と呟いた小籐次は立ち上がると、唐人の額に突き立った小鉈を抜き取った。

再びがたんという音がして、五百石船が唐人のジャンク船に横付けされ、竹梯子が次々にかけられる物音が響いてきた。

「最後の仕上げじゃな」

小籐次とおしんは、ジャンク船の主甲板に走っていった。そこでは唐人側に半円に囲まれた村屋側が、傾いた右舷側に追い詰められていた。甲板のあちらこちらに双方の怪我人が倒れていた。

「贋金でひと儲《もう》けを企む悪人ばら、大人しく縛につかぬか」

五尺余の赤目小籐次の大音声がジャンク船の主甲板に響き渡った。

「酔いどれ小籐次か。なにゆえかような場所に姿を見せた」

右舷に追い詰められた陣笠の武士が複雑な声音で問うた。

「早川八郎平よのう。真文二分判金の贋金の受け渡し、老中青山忠裕様の知られるところじゃ。こちらはおぬしらの取引きの場に罠を張り、手薬煉引いて待ち受けておったのじゃ」

「しゃっ」

と早川用人が奇声を発した。

唐人側にも通詞がいると見えて小籐次の言葉が伝えられた。

「唐人の頭、温不宣はおるか」

と小籐次が半円に囲んだ唐人らを睨んだ。

白い長衣の老人が姿を見せた。

「御鑓拝借騒ぎで天下に名を売られた赤目小籐次とは、そなた様にございますかな」

「ほう、長崎の唐人さんにもそれがしの虚名は知られておるか」

「そなた様に散々な目に遭った肥前小城《おぎ》藩は、長崎近くにご領地がございますでな。いくら小城藩が隠されようとも、長崎にはあちらこちらから伝わって参りますよ」

「さようか」

と小籐次が応じたとき、右舷側に傾いたために持ち上がった左舷側から、中田

新八らが飛び込んできて、

「贋金造りにして贋金遣いの一味、大人しくせえ。老中青山様、御目付、町方の合同の捕縛隊であるぞ！」

と叫んだ。

「油屋町の大旦那五島屋千右衛門の甘言にのり、迂闊にも手を組んだばかりに、えらい目に遭いました」

と温が不敵な笑みを洩らして言った。

「そなたは世の理が分っておるようじゃ。どうじゃな、この際、潔く負けを認めて一先《ひとま》ず縛につかぬか」

「ふっふっふ。いくら赤目様の申し出とはいえ、江戸での牢屋暮らしはお断わり申しましょう」

「とはいえ、舵が壊れ、船底に海水が入った船では長崎まで帰れまい。もっとも、長崎に戻っても長崎奉行所が手薬煉ひいておろう」

「雪隠《せっちん》詰めですかな」

「そういうことじゃ」

しばし沈思した温不宣が、

「赤目様、ここは一勝負して決着を付けましょうかな」

「どういうことか」

「わが船には長崎でも指折りの武人が乗っておりましてな。荘羅漢と赤目様の勝負の次第で、どちらかの言い分を聞くというのはどうでございますな」

おしんから聞いていた身の丈七尺を超えるという武術家との勝負が申し込まれた。

「唐人さんと村屋側、さらには捕り方にこれ以上の怪我人は無用じゃな。致し方ないか」

と小籐次が手にした小鉈をおしんに渡した。

唐人の群れの背後に、にゅっと弁髪を長く垂らした巨漢が姿を見せた。仲間を掻き分けて進み出た荘羅漢の手には、全長十尺を超えようかという長柄矛があった。

腰に次直一剣を差した小籐次と対面した荘羅漢がにたりと笑った。

「大きいのう。呆れてものが言えぬわ」

と小籐次が正直な感想を述べた。すると温が通詞をして、野太い声が応じた。

「矮人《わいじん》の相手をしたことがない。いくら勝ってもなんの勲《いさお》しにもならぬと言うておるぞ」

「温さんや、武人の勝負は体の大小ではのうて、頭じゃと言うてくれぬか」

「なに、頭勝負とな。それを聞いたら荘羅漢が喜ぼう。この者、なりは大きいが総身に知恵が十分に回ってな、文武両道の士よ」

「それは楽しみじゃ」

傾いたジャンク船の主甲板の中央に、網代帆を上げる巨大な帆柱が突っ立っていた。むろん網代帆は巻き上げられて、帆柱があるだけだ。

千石船のそれより何倍も広い甲板に、唐人一派、元長崎奉行村屋一統、それに老中青山家、御目付、町方合同の捕り方の三者が三すくみのかたちで、小籐次と荘羅漢の奇妙な勝負を見守ることになった。

荘羅漢が小脇に抱えた長柄矛は元来、生け垣の枝を払うための道具を武器として改良したものだ。ために、弧を描いた内側が刃になっていた。

刃先と柄の間に色とりどりの布片を巻いた長柄矛を荘羅漢が軽く振ると、
びゅん
と空気を裂く音がして、ジャンク船の見物の衆の胆を冷やした。

小籐次が長柄矛の間合い内にそろりと入って立ち、荘羅漢に向ってにっこりと笑った。

「うむ」

と呻いた荘羅漢が長柄矛を立てた。

間合いは一間半、長柄矛の刃が制圧していた。とはいえ、小籐次は未だ次直の柄にも手をかけていなかった。

「参る」

と小さな声で、だが、荘羅漢には分る声で勝負の始まりを告げた。

どすん
といきなり天から降ってきた感じで、長柄矛が小籐次の立っていた甲板に落ちてきた。迷いのない一撃で、小籐次がふわりと荘羅漢の横手に飛ばなければ、脳天から両断されていたと思える強力果敢な攻めだった。

長柄矛の曲がった刃先が甲板の床に食い込んだが、荘羅漢が臆する様子はない。軽々と引き抜くと身を回しながら、長柄矛を小籐次が逃げた方角へと引き回した。

すると、
びゅーん
と尖った風鳴りがして、小籐次が、

ひょい

と腰を落とさなければ、首から上が胴から離れていたであろう。

荘羅漢が攻め、小籐次がひょいひょいと避ける戦いが繰り返された。

苛立った相手の口から、唾とともに罵《のの》り声が小籐次に飛んできた。

だが、小籐次は戦いの構図を変える様子はなく、鬼ごっこがしばらく続いた。

「新八様、荘羅漢が赤目様に引きずり回されておりますよ」

「相手が焦れば焦るほど赤目様の思うツボ」

と新八が応じたとき、荘羅漢が追いかけることをやめ、ジャンク船の甲板のほぼ中央で長柄矛をぶるんぶるんと回し始めた。回転は大きく小さく素早く緩やかに自在に動き、小籐次を威圧してその動きを封じたかに見えた。

小籐次は破れ笠の紐を解くと腰を沈め、初めて右手の拳を柄へと走らせた。

その瞬間、荘羅漢も鋭く回転させる長柄矛の刃を、小籐次の脳天目がけて振り下ろした。

小籐次の姿が荘羅漢の視界から消えた。

いや、その場に破れ笠だけが残り、長柄矛が虚空にあった笠を両断した。

うーむ

と手ごたえのなさに荘羅漢が長柄矛を引き寄せ、横手に車輪に回した。その長柄矛の柄の内側に風が戦《そよ》いだか、なにかが走った。

次の瞬間、荘羅漢の腰に冷たい戦慄が走り、
うっ
と立ち竦んだ巨漢の顔に訝しさが浮かび、続いてそれが恐怖の表情に変わるや、朽木が倒れるように、傾いたジャンク船の甲板に崩れ落ちていった。

「酔いどれ小籐次、恐ろしや」

と温不宣老人が呟き、

「赤目小籐次様、そなたにいささか話がござる」

と何とも老獪な笑みを浮かべて小籐次に迫った。

四

小籐次は、新春歌会の前日から望外川荘に泊まり込み、竹藪蕎麦の美造親方一家やうづ、太郎吉と一緒になって、宴に供する蕎麦と七草や春野菜のてんぷらの下準備に精を出した。

さすがは蕎麦打ち何十年の美造親方だ。すぐに望外川荘の台所にも馴染み、そばつゆから丁寧に作っていった。職人である親方が手順どおりに動き始めれば、もはや小籐次の出番はない。

小籐次は百助の納屋の板の間に研ぎ場を設けて、望外川荘と美造親方の刃物を研ぎ始めた。それがすむと、研ぎ場を竹細工の仕事場に模様替えし、敷地から切りだしてきた竹を使い、六十人前の箸を造った。

蕎麦を食べるのに塗箸では滑る。そこで竹を利用して箸を拵えようと思ったのだ。

試作品を美造とおりょうに見せると、

「おっ、こいつは粋だぜ。それに食べやすそうだ」

「ほんに小籐次様はあれこれと思いつかれます。青竹の皮をかたちよく残したところなど、清々しゅうて洒落《しゃれ》ております」

と二人が認めてくれた。

「よし、ならば明日までに六、七十膳拵えようか」

納屋に戻った小籐次は青竹を割って削り、野趣を残した感じの青竹の箸造りに没頭した。その最中、納屋に人影が立ち、顔を上げると、読売屋の空蔵が、

「へっへっへ」

と笑っていた。

「空蔵さん、そなたを招いた覚えはないがのう」

「へっへっへ。それは明日の新春歌会にございましょう。今日は六郷沖の大騒ぎの後始末を報告に来ただけですよ」

と言いながらも空蔵の狙いは明日の新春歌会にあることに、小籐次も推測がついた。

「もう読売にしたのか」

「いえね、こんどの一件、町奉行所の許しがなかなか出なくて。いや、おれが書いていいってことにはなっているんだよ。酔いどれの旦那が老中青山様に話を通してくれたからね。だが、いつ読売を売り出すか、御城からお許しが出る日にちがまだ分らないんで」

「長崎で造った贋金を大量に江戸に流し、市中を混乱させようという、公儀を屋台骨から揺るがしかねぬ大事件だ。それだけに慎重に審議されておられるのであろう。しばし待ちなされ」

「騒ぎは一刻も早く伝えて、なんぼのものなんだがね」

と空蔵がぼやき、

「赤目様、唐人船に偽の真文二分判金がいくら積まれていたと思いなさるね。あれが江戸市中に出回ったら、両替商なんぞ何十軒も潰れるところだよ。真文二分判金を千両ずつ帆布の袋に入れて、そいつを四つ束ねて菰《こも》で包んだ四千両の包みが、なんと百近くあったそうな。贋金とはいえ、四十万両とは壮観だろうな。金座の後藤家の番頭がこの贋金の山を見て、腰を抜かした。なんたって一枚の贋金に含まれる純金二割五分を取り出すと、どれほど公儀の財政の助けになるか、随喜の涙を流して小躍りしたと言いますぜ」

「小躍りしたのは、贋金に含まれていた金が後藤家の懐に入るからであろう」

「そんなところだ。後藤家ならずとも老中方や勘定奉行方は喜んだろうな」

空蔵の説明に頷いた小籐次は、

「温不宣は今頃、ジャンク船の応急修理を終えて江戸の内海の外に逃れているころかのう」

「それが今一つ不思議だ。贋金造りの元手を出した張本人は、どうしてお咎めなしなんだ」

「温不宣はひと財産を注ぎ込んだ贋金をすべて公儀に差し出す代わりに、お国に戻ることを願うたのだ。命あっての物種と思うたのであろうよ」

「そいつを赤目様が老中青山様に口利きなされたので」

「口利きというほどでもないが、なんにしても百数十人の唐人をお縄にして小伝馬町の牢送りにしたところで、公儀は厄介者を抱えるだけだ。ならば、偽の真文二分判金の金を押さえるかわりに温一派を国の外に逃がした方がましだ。まあ、定法を曲げて実利を得たということかのう」

「赤目様でなければできない大技だな」

「わしではない。決められたのは老中の青山様じゃ」

「元の長崎奉行村屋紀伊守伸道様は、代々続いた二千七百石の家禄召し上げ、家名断絶、身は切腹らしいぜ」

「贋金造りは天下の大罪じゃからな」

「長崎でも大騒ぎで、早晩、油屋町の大旦那五島屋にも長崎奉行所の手が入るだろうな」

「針職人だった升次のやつ、たしかにその腕を贋金造りに利用されたが、江戸で一命を捨てて贋金が出回るのを防いだことになるな」

と小籐次は言いながら、一膳また青竹の箸を作り上げた。

「どうじゃ、空蔵さんにこの箸を進呈しようか」

「明日の歌の会に使われる箸かえ。頂戴します。赤目小籐次様の手にかかると値がつきそうだ」

と空蔵が欲を出し、小籐次が青竹の表皮を残したところに、

「空蔵さんへ、作小籐次」

と鑿《のみ》の刃先で彫り込んでもらった。

「こいつはいい。家宝にしよう」

報告を終えた空蔵が青竹の箸を手に望外川荘から姿を消した。

翌日、北村おりょうが芽柳派を江戸で旗揚げする日、江戸は新春らしいからりと乾いた天気になった。

美造親方らは早朝から蕎麦打ちの仕度にかかった。

小籐次は、おりょうの注文で、蕎麦猪口《ちょこ》代わりに青竹で器を造ることになり、まだ明けやらぬうちに竹林に入り、蕎麦猪口に見合った太さの竹を何本も切り出し、節を残して鋸で器の大きさに挽ききった。それらを納屋に運ぶと、口に触れても怪我などせぬよう竹の蕎麦猪口の縁を丹念に磨き上げる作業に没頭した。そ

して、でき上がった器に鑿の先で、

「芽柳派旗揚げ記念　北村おりょう」

と彫り込んだ。それを見たおりょうが、

「竹の箸といい、蕎麦猪口といい、赤目様が手掛けられた竹細工には心が籠っているうえに、なんとも品がようございます。これならばお客様もきっと大喜びなされます」

と満足げに微笑んだ。

「おりょう様、どうせなら、蕎麦猪口を拵えた後、酒の器も竹製に致しましょうかな」

「おお、それはよいお考えです。三品が揃えば記念の土産になります」

と応じたおりょうが、

「酒の器には、酔いどれ小籐次作と彫り込まれれば、もはや鬼に金棒」

「それはなりませぬぞ。本日は赤目小籐次、影の人間にございますからな。そのことをお忘れなく」

ときつく釘を刺した。

朝方一番で、うづが新鮮な野菜を小舟に積んで太郎吉と一緒に望外川荘に到着していた。そこで竹藪蕎麦の美造一家にうづらも加わり、七草や春野菜をてんぷらにし、芹の胡麻和えなどの酒の菜を拵えることになった。

さらに五つ（午前八時）過ぎ、新川の伏見屋が船で運んできた四斗樽を望外川荘に運び入れた。

こうして新春歌会の宴の仕度が着々と進んでいく頃合い、歌会の出席者が次々と舟や駕籠で望外川荘に集まり始めた。

四つ前の刻限、茶が供された後、望外川荘の庭が見渡せる座敷で歌会が始められた。

小籐次は百助の納屋に陣取り、竹の酒器を作ることに集中した。

青竹の箸、蕎麦猪口、酒器ができ上がったのは、新春歌会が始まって半刻もしたころか。美造親方が納屋に姿を見せ、

「こいつはすごいや。万作親方が杉板の盆を拵えてくれたんだよ、そいつと組み合わせると、なんとも贅沢な器だぜ。名人二人の手になったものでおれの蕎麦が食されるかと思うと、背筋がぞくぞくすらあ」

「満足してもろうてよかった。歌会の様子はどうじゃな」

「雅《みやび》というのかねえ。詠《よ》み人がさ、なんとも不思議な節回しで詠《うた》い上げているが、

これが歌会かい。まるでどこか違った世界の催しみたいだよ」

「いかにも、いかにも、われらに縁なき行事じゃな」

小籐次と美造はでき上がった器を井戸端に運び、汲み上げた新鮮な水できれいに洗って乾かした。

「赤目様、あとは任せておきなって」

と美造が請け合い、台所へと姿を消した。

小籐次は納屋に戻ると竹屑などを片付け、最後に道具の手入れをした。

いつの間にか、歌会から宴に移ったか、台所が急に活気づいた。

小籐次の出番はもはやない。

新春歌会が無事に終わったあと、正客たちは外に出て望外川荘の庭をそぞろ歩き、不酔庵でお茶を供されたりしてしばし時を過ごした。

その間に望外川荘の座敷は綺麗に片付けられ、宴の場へと変わった。

縁側に下り酒の四斗樽がでーんと据えられ、太郎吉が鏡板を上手に割った。すると、望外川荘の庭に酒の香りが漂って、酒好きな歌人は密かに喉を鳴らしたものだ。

座敷では万作親方の杉板盆に小籐次の蕎麦猪口、酒器、箸などが並べられた。

これもまた万作親方がどこかの蕎麦屋の注文に応じて造ったという簀子を敷いた平箱に打ちたて新蕎麦が盛られて出され、酒が振る舞われた。さらに七草のてんぷらと芹の胡麻和えなど、春を想わせる食材が並んだ。

給仕はおしげ、あい、おはるにうづの女衆だ。

「おりょう、歌会のあとに蕎麦とは珍しいのう」

と父親の御歌学者、北村舜藍が娘の後見の大役を無事務め上げてほっとしたか、蕎麦を見て恵比須顔をした。

「父上、蕎麦ではいささかご不満でございましょうか。深川蛤町裏河岸の竹藪蕎麦の美造親方が腕を振るった蕎麦にございます。ご賞味下さいませ」

「不満どころか、ようも考えついたものよと感心しておるところじゃ。七草をてんぷらにしたところなど、なかなかの思い付きよ。華美ではのうて野趣豊かなもてなしぞ」

「父上がご存じのお方のお考えにございます」

「おお、あの御仁な」

とにっこりと笑った舜藍が蕎麦に手を伸ばした。そしてつゆも付けずに食して、

「おお、これはなんとも香りがよいぞ」

と満足の笑みを洩らした。

舜藍の言葉に出席した歌人たちが酒を飲み、蕎麦を口にして、

「おお、これは絶品にございますな。七草粥ならぬ七草蕎麦。おりょう様、ようできましたよ」

と江戸歌壇の大御所毛利卯月が褒めてくれた。

「毛利先生のお褒めに与り、りょうは安堵致しました」

「舜藍様、日和よし歌会よし持て成しの料理よし。娘御が歌壇に打って出るにふさわしい新春歌会にございましたな。改めて祝いの言葉を述べさせてもらいますぞ」

と毛利が言い、舜藍もおりょうも緊張が解《ほぐ》れた。

座が一気に和み、蕎麦を啜り、酒を酌み交わしつつ、望外川荘の景色を堪能した。

時がゆるゆると流れ、酒の酔いを覚ますために泉水のほとりを散策する人もいた。

「それにしても須崎村の景色に溶け込んだ望外川荘、見事なお屋敷にございますな。見ていて飽きません」

とこれまた江戸歌壇の旗頭の一人、佐々木冬胤が屋敷と景色を褒めた。

「なんでも土佐金の仕事じゃそうな」

と舜藍が答えた。

「なにっ、土佐金が江戸で普請をしておりましたか。それで茶室の不酔庵の見事な造作と工夫が分りました。いやはや、おりょう様、舜藍様にいくら感謝申し上げても足りませぬな」

と世間に疎い毛利が頷いた。

「毛利先生、勘違いをなされては困るな」

とその場から離れたところから声がかかった。

古典連歌曙天派の音嶺塵外が苦い顔をして酒を飲んでいた。膳の蕎麦には一切手をつけていない。早や、昼酒に酔った風情で目が据わっていた。

「おや、音嶺先生。私め、なんぞ勘違い致しましたかな」

「失礼ながら御歌学者の北村家の懐具合で、この御寮が手に入るものですか」

と音嶺が言い放ち、場が一瞬にして凍りついた。

太郎吉が納屋の小籐次のもとに飛んできて、

「座敷の様子がおかしいぜ。酒に酔った歌人とやらが、あれこれおりょう様のことで難癖を付け始めたぜ」

とご注進に及んだ。

「おそらく音嶺なんとかと申す重鎮と三条綾麻呂とかいう者であろうな」

「そんなのんびりしていていいのかね」

「歌人たちの集まりに、刀を引っ提げて乗り込むこともできまい」

「じゃあ、どうするよ」

と太郎吉がいらいらするところに百助が姿を見せて、

「赤目様、青山青嵐様と名乗るお武家様が、二人だけ供を連れて来たぞ」

「おお、そうか。ちょうどよいところに参られたな」

と応じた小籐次が、

「太郎吉どの、親方に三人前の膳を新たに用意してくれと願うてくれぬか」

「座敷はどうなる」

「心配致すでない。酒の酔いが覚めれば収まる」

と小籐次が納屋から動くふうはまるでない。

太郎吉は致し方なく納屋から姿を消した。

望外川荘の座敷にはただならぬ険悪な空気が漂っていた。

おりょうが意を決して口を開こうとしたとき、縁側に人影が立ち、

「おりょう、新春歌会と聞いたで立ち寄った。一杯馳走してくれぬか」

と磊落《らいらく》にも声をかけた。

おりょうは初めて見る顔に戸惑いを見せた。すると、傍らの舜藍が訪問者の顔をじいっと見ていたが、つかつかと縁側に歩み寄ると、

「ご老中青山様、これはまたどうしたことで」

と茫然自失しながらも声をかけた。

一座に別の緊張が走った。

実質的な老中首座の地位に就く幕閣の最高位の青山忠裕が望外川荘に来るなど、だれも知らなかったのだ。

「舜藍どのか。それがし、青嵐として立ち寄った」

「ご老中、娘を承知にございますか」

と舜藍が声を潜めると、扇を開いた青山が舜藍と自らの顔の前に立て、

「知らぬな。じゃが、われらの間に共通の知り合いがおってな。酔いどれ小籐次

とこの青山、いささか親密の間柄でな」

　と囁いたものだ。すぐに舜藍は事情を悟り、

「おお、迂闊にもご老中をお招きしたことを忘れておりましたぞ」

　と声を張り上げ、

「これ、おりょう。そなた、幼き折にお目にかかった青山忠裕様を見忘れたか。ともかく酒と膳の仕度をしなされ」

　と命じた。そこへあいとうづとおしげが膳部を運んできた。

　天下の老中がいきなり姿を見せたため、最前までの険悪な空気は吹き飛んだ。

中には、

（北村おりょうの後見は老中青山様であったか。ならば、望外川荘も芽柳派旗揚げも格別なことではあるまい）

　と早とちりする者もいた。

「殿様、りょうをお許し下さいませ」

　と縁側に両手をついたおりょうに、

「芽柳派の旗揚げ、めでたいのう」

　と声をかけてくれた。

一座の空気が一気に変わった。北村おりょうの旗揚げに反感を持っていた音嶺と三条がこそこそと望外川荘を去り、青山と従者の中田新八とおしんが酒を口に含み、蕎麦を食して、

「やはり蕎麦は江戸にかぎるな。これは格別に美味じゃぞ」

と褒めて、美造親方の打った蕎麦をお替わりして食した。

一刻後、不酔庵では、おりょうの点前《てまえ》で青山忠裕が茶を喫していた。同席は父親の北村舜藍一人だ。そこへにじり口の外から中田新八の声がした。

「殿、お連れ致しました」

にじり口の外で何事か言い合う声がして、
ふうっ
と嘆息が響いた。

「ご免蒙ります」

とにじり口から丸腰の小籐次が不酔庵に姿を見せた。

「赤目小籐次、借りを返しに参ったぞ」

と青山忠裕が笑いかけ、

「寺社方の騒ぎ、贋金事件の借りをこの小籐次に返しにこられるのは宜しゅうございますが、爺侍まで日向に引き出すこともありますまい」

と小籐次が不満を述べた。すると青山が、

「酔いどれが言いおるわ、言いおるわ」

と嬉しそうに破顔した。

その夜、小籐次だけがおりょうの懇願で望外川荘に残った。

「新春歌会、うまくいきましたかな」

「すべて赤目様のお手配で、あれ以上はないほどに」

「それはようござった」

「まさか老中青山様までりょうに内緒でお呼びとは、夢想もしませんでした」

「あれこれと不満をもらす輩は、とかく権威に弱くてのう」

「それでお招きを」

「いや、向こうからの申し出にござる」

ふっふっふ

と笑ったおりょうが、

「りょうがどれほど赤目様に感謝しているか、お分りになりますまい。赤目様、りょうはそれに応えることができませぬ」

と言って小籐次の手を取り、

「今宵はゆっくりと話を致しましょう」

と寝間に導いた。

かくて文政三年新春七日の夜が静かに更けてゆこうとしていた。

巻末付録

「ざるそば」を作ってみよう

文春文庫・小籐次編集班

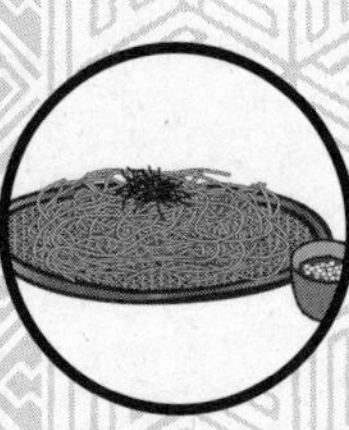

小籐次は、想い人おりょうの新春歌会を盛り上げるため、様々な趣向を凝らす。

「蕎麦は腕が試される食べ物にございます。そこで、歌会に竹藪蕎麦の親方を招き、全員に打ちたての蕎麦に春の七草のてんぷらを供するのです。これならば山海の珍味というわけではなし、なんとのう山家ふうで野趣にも富んでおりませぬか」（本文より）

シンプルながら、なんとも旨そうだ。五十人前の蕎麦はさぞ圧巻であっただろう。一方、小籐次が製作した「蕎麦猪口、酒器、箸」の竹細工三品セットもハレの日にぴったり。想い人のために、ささっと洒落た品々を作ってしまう小籐次、やはりカッコよすぎるぞ。「りょうがどれほど赤目様に感謝しているか、お分りになりますまい」――。在りし日の想い人（＝妻）からこんな言葉をかけられたのはいつのことか、とつい遠い目になる。巷間、料理にしろ、DIYにしろ、そつなくこなせる男性は魅力的に映るらしい。ならばちょうどよい、形から入るタイプの筆者こと編集Sは、小籐次の真似事をしてみようということで、公私混同、蕎麦の手打ちと蕎麦を盛る竹ざる作りに挑戦することにした。

手始めは蕎麦ざるだ。竹細工の工房を探してみると、かつての江戸ではふんだんにあった竹林が減ったことで、東京都下では工房の数が減っているらしい。そこで訪ねたのは、栃木県大田原市の「ちくげい工房竹の店 無心庵」。あまり知られていないが、同市は人間国宝が二人も住むなど、竹工芸が盛んな土地柄。「西の京都、大分にだって負けません！」と竹工芸職人の斎藤一根さんは熱っぽく語る。職人歴五十年以上の父・正光さんとともに工房を構える二代目で、竹で財布や万年筆などの日用品を製作する傍ら、東京ほか各地で竹細工教室を開き、地元の中学校に出張授業も行っている。早速筆者も教えを乞うことにする。

まずは――、と斎藤さんが指差すのは原竹の山。

「竹細工は、幅と厚さを整えた細長い竹ひごを作ることから始まります。蕎麦ざるであれば、材料作りは一日で終わりますよ」

と事も無げに笑う。い、一日⁉

「冗談です、用意してあります（笑）。ただ、この材料作りが、その後の作業のスピードや仕上がりの美しさに影響するんです。竹の節と節の間で切って、それを割って薄くする作業を繰り返し、出来上がりの寸法に合わせて、幅と厚さを調整するのですが、ものによっては、材料づくりに一週間ほどかかることもあります」

今回は、底が直径約二一センチのざるなので、長さ二五〜三〇センチ、幅六ミリ、厚さ一ミリ程度の竹ひごが四十本ほど必要となる。幅や厚さが均一なほど、仕上がりが美しい。

「ざるでもかごでも、まず底から編んでいきます。底の編み方は様々な種類がありますが、五ミリ四方の隙間が並ぶ四ツ目編みに挑戦してみましょう。隙間が大きすぎると蕎麦がばらばらと抜け落ちますのでご注意を」

板に書かれた直径二一センチの円の上に、竹ひごを五ミリほどの間隔を空けて二十本並べる。これを縦列として、今度は横から竹ひごを差し込む。縦と横が上と下にくるよう互い違いにする。水をはじき、汚れが染みにくい、つるつるの皮面を内側に向けるのがポイント。

四ツ目編みが完成したら、コンパスで気持ち大きめの円を描き、不要な部分をカットする。編んだままではほどけて用をなさないので、次に「縁《ふち》」と呼ばれる枠でまとめる工程

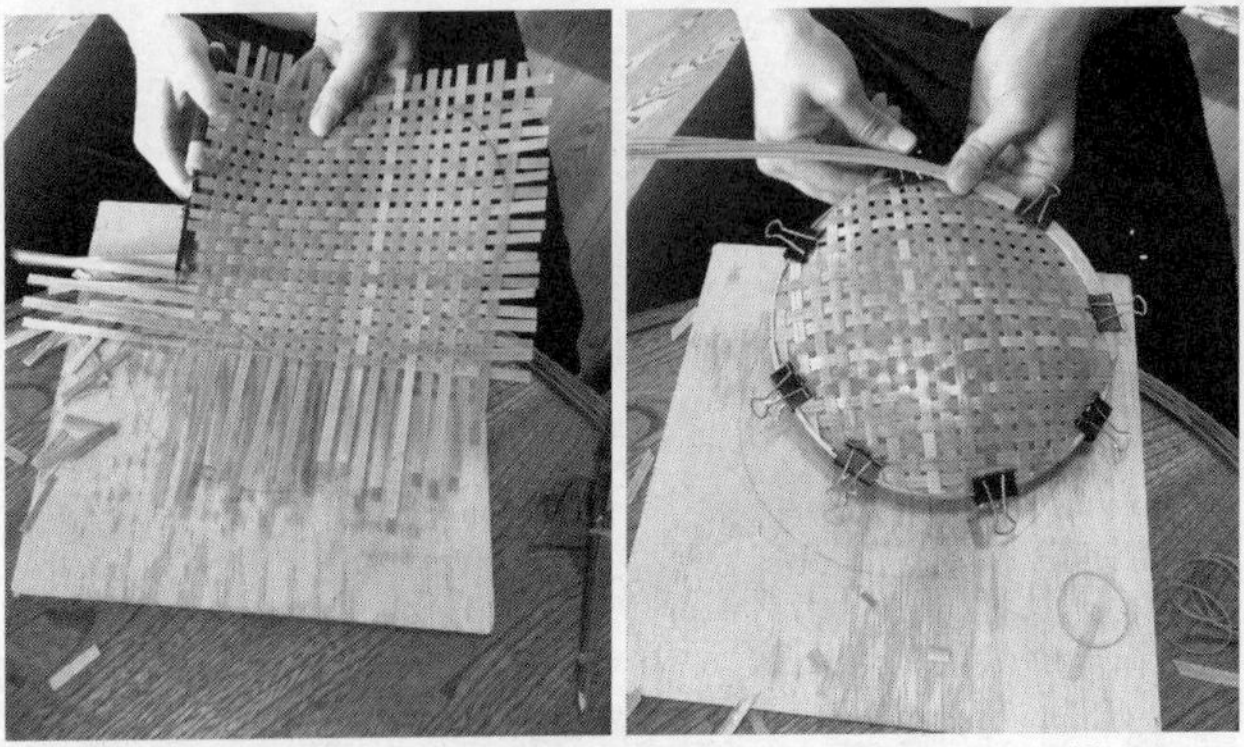

（左）周囲の余分な竹ひごを切り、（右）外枠になる縁をササラで補強する

へ。直径二一センチの縁のなかに竹の素地をはめると、少し大きい分、自然と浅い丸底ができ、俄然、ざるに見えてくる。さらに補強のため、竹の素地の上側と下側に細長い竹を何本か束ねた「ササラ」を、縁の円周に沿うように丸めながら当てていき、「籐蔓」で複数個所を結束する。つまり、ざるの側面から見れば、上のササラ、素地、下のササラをまとめて縁に結び付けてしまうのだ。実は、この「野田口（ササラ）仕上げ」が筆者にとって最大の難所だった。その結び方が何度やっても覚えられない……。

「まず、籐の先を手前から素地の穴に通し、親指の太さより少し大きめの輪っ子を作って親指で押さえる。次に、籐をもう一度同じ穴に手前から通し……」

　斎藤さんの丁寧な指導は続くのだが、籐蔓がからみ、指を縛り付けてしまう始末……。とにもかくにも悪戦苦闘した末、二時間かけて蕎麦ざるが完成したのだが、籐蔓の間隔は揃っていないし、すでに緩んでいるところも……。

「竹は加工しやすく、編み目や結び方などを変えれば、模様や色合いも変わります。不格好でも〝一点モノ〟。最初にしては上出来ですよ」

「食器は料理のきもの」とは、かの北大路魯山人の名言だそうだ。出来た器は多少いびつだがそこはご愛敬。次は、いよいよ蕎麦を打つ。ただ、日頃、料理すらできない筆者にとっては未知の領域。いきなり大丈夫なのか!?

「手打ち蕎麦なんてカッコよく聞こえますけど、私に言わせりゃ早い話が粘土細工と一緒。粉の量に合った水を入れてちゃんと練ってやれば、よくつながった蕎麦になるんです」

もの静かに話すのは、東京・梅島「藪重」店主の石井博さん。本職の蕎麦職人から趣味の素人まで、江戸流の手打ち蕎麦の打ち方を指導する「梅島手打道場」を開く蕎麦職人だ。

手打ち蕎麦の工程は、「一鉢二延《の》し三包丁」だという。練りの「木鉢（こね鉢）」が最も重要で、「延し」、「切り」の順。「揉み方三年、切り方三月」ともいう。木鉢が技術的に最も難しい一方、包丁はすぐに会得できる――。水を入れて練る工程が蕎麦の出来を左右するんです、と説明を続けながら、蕎麦粉四〇〇グラムと小麦粉一〇〇グラムをふるいにかけている。蕎麦粉・八に対し小麦粉・二のいわゆる「二八蕎麦」の配合比率だ。

もっとも、江戸時代の「二八蕎麦」の意味するところは、二×八＝一六の語呂合わせで一杯一六文だったからという代価説もあり定説を見ないが、現在、「二八蕎麦」とは配合比率を指すのだという。

ちなみに、麺に加工した蕎麦を古くは「蕎麦切り」と呼んだが、つなぎに小麦粉が使われるようになった確実な記録は、寛延四年（一七五一）の『蕎麦全書』だという。寛永二十年（一六四三）の『料理物語』によれば、小麦粉なしで練られた蕎麦を茹で、ぬるま湯か水でさっと洗ってから熱湯をかけ、蒸らして温かいうちに食べていたという。つなぎなしの蕎麦を茹でると切れやすく煮崩れしやすい。そのため蒸して食べたというのだ。

現在、冷たい蕎麦を蒸籠《せいろ》と呼ぶが、それは最初から蒸籠で蒸していたことの名残とされている。蒸籠に盛るから「もり」であり、もりにつゆをかければ「ぶっかけ蕎麦切り」、略して「かけ」、蒸籠ではなく竹で編んだざるに盛れば「ざる」。ざるそばは深川洲崎にあった「伊勢屋」が元祖とされ、奇しくも竹藪蕎麦とは目と鼻の先である。

閑話休題。木鉢に入れた蕎麦粉と小麦粉を両手の指先で円を描くように混ぜていく。次いで水を入れるが、粉の重量に対してだいたい半分程度、二五〇グラムを半分ずつ二回に分けて「の」の字に入れていく。

「水を入れてからの時間は早ければ早いほど美味しい蕎麦が出来ます。蕎麦の香りや栄養素はほとんどが水溶性なので、長くやっていると水分とともに蒸発しちまうんです。手馴れた人で七分ぐらい。……あ、その手前の粉、動いていませんよ」

一心に混ぜ続けると、だんだん塊ができてくる。今度は、それらを固めて練っていく。手だけではなく、体重を乗せて押す。確かに粘土遊びのようで楽しい。塊になったら、割れの原因になるしわを消していく。

生地がお供え餅のようになったら「延し」の作業に移る。両手で押して延ばしてから、短い麺棒（約九〇センチ）でさらに薄くしていく。麺棒は転がせばいいと思っていたが、さにあらず、と石井さん。

「ただ麺棒を力任せに動かしていると、生地の表面が凸凹になるのでだめ。手の指を曲げて麺棒に添え、力を抜いて両手を左右に動かす。生地の厚さを均一にすることが大事です」

なるほど、つられて麺棒も同じ範囲をコロコロ動く。無駄がない。さらに、江戸蕎麦特有の生地を四角形にする「四つ出し」では、長い麺棒（約一二〇センチ）を二本使うのだが、これがまた洗練されている。生地は広く延びてくると、延し台から垂れたりして扱いづらくなる。そこで、生地の半分を麺棒に巻き付けておけば、もう半分を別の麺棒で延ばすことができるのだ。また、生地を四角に延ばす理由も納得できる。生地を畳んで麺を切り出す際、円形は畳むと扇形になって麺の長さがバラバラになってしまうが、四角だと同じ長さの麺になる。客に手際よく提供するために鍛え抜かれた技の数々。無駄のない美しさだ。

（左）力を入れず包丁を垂直に落として麺を切る。（右）「ざるそば」完成！

折り畳んだ生地の上に、定規代わりの「こま板」を置く。板に蕎麦切り包丁をぴったりと当てて垂直に下ろして切る。包丁を傾けてこま板をずらして切っていくので、包丁の傾ける角度によって麺の太さが変わる。生地の厚さ一・五ミリと同じ幅で切るのは難しく、凝視しすぎた目がチカチカする。苦笑交じりの師匠が言う。

「無理して麺を細く切ろうとしないことです。むしろ、私などは、『細い蕎麦が食いたいなら、蕎麦屋に行け！』と言ってます（笑）。太めの蕎麦は、よく噛んで食べますから、実は蕎麦本来の風味を感じることができる。太い蕎麦は自分で打たないと食べられません」

一束だいたい一五〇グラムぐらいを一人前として小分けにする。これにて、蕎麦打ち手習い無事終了。

「最後に、茹で方について一言。蕎麦は折るとすぐ切れますから、ラーメンのようにほぐして鍋に入れては絶対にだめです。折らずに入れて、三十秒ほど待ってから、箸でそっとほぐしてください。蕎麦打ちは打つほどに上達します。入門待ってますよ（笑）」

後日、いっぱしの職人気取りで、竹や蕎麦の薀蓄を傾けながら、手打ち蕎麦を茹で、竹ざるに盛って家族に振舞った。

「う～ん、私の方がうまく作れるかな」

嗚呼、在りし日の想い人は戻らず。妻よ、なぜ旨いと言えないのだ。修行の日々は続く。

【ちくげい工房 竹の店 無心庵】http://www.take.otawara.jp/index.htm
【梅島手打道場】http://nihon-soba.com/yabujyu/

【参考文献】岩﨑信也『蕎麦屋の系図』（光文社知恵の森文庫）
一般社団法人全麺協編『改訂 そば打ち教本』（柴田書店）

本書は『酔いどれ小籐次留書　新春歌会』（二〇一一年二月　幻冬舎文庫刊）に
著者が加筆修正を施した「決定版」です。

ＤＴＰ制作・ジェイ　エスキューブ

文春文庫

新《しん》春《しゆん》歌《うた》会《かい》
酔《よ》いどれ小籐次《ことうじ》（十五）決定版《けつていばん》

定価はカバーに表示してあります

2017年10月10日　第1刷

著　者　佐《さ》伯《えき》泰《やす》英《ひで》
発行者　飯窪成幸
発行所　株式会社 文藝春秋

東京都千代田区紀尾井町 3-23　〒102-8008
TEL 03・3265・1211
文藝春秋ホームページ　http://www.bunshun.co.jp

落丁、乱丁本は、お手数ですが小社製作部宛お送り下さい。送料小社負担でお取替致します。

印刷製本・凸版印刷

Printed in Japan
ISBN978-4-16-790943-7

佐伯泰英 文庫時代小説◉全作品チェックリスト

二〇一七年十月現在
監修／佐伯泰英事務所

どこまで読んだか、
チェック用にどうぞご活用ください。
キリトリ線で切り離すと、
書店に持っていくにも便利です。

掲載順はシリーズ名の五十音順です。
品切れの際はご容赦ください。

キリトリ線

佐伯泰英事務所公式ウェブサイト「佐伯文庫」 http://www.saeki-bunko.jp/

双葉文庫

居眠り磐音 江戸双紙

いねむりいわね　えどぞうし

□①陽炎ノ辻　かげろうのつじ
□②寒雷ノ坂　かんらいのさか
□③花芒ノ海　はなすすきのうみ
□④雪華ノ里　せっかのさと
□⑤龍天ノ門　りゅうてんのもん
□⑥雨降ノ山　あふりのやま
□⑦狐火ノ杜　きつねびのもり
□⑧朔風ノ岸　さくふうのきし
□⑨遠霞ノ峠　えんかのとうげ
□⑩朝虹ノ島　あさにじのしま
□⑪無月ノ橋　むげつのはし
□⑫探梅ノ家　たんばいのいえ
□⑬残花ノ庭　ざんかのにわ
□⑭夏燕ノ道　なつつばめのみち
□⑮驟雨ノ町　しゅううのまち
□⑯螢火ノ宿　ほたるびのしゅく
□⑰紅椿ノ谷　べにつばきのたに
□⑱捨雛ノ川　すてびなのかわ
□⑲梅雨ノ蝶　ばいうのちょう
□⑳野分ノ灘　のわきのなだ
□㉑鯖雲ノ城　さばぐものしろ
□㉒荒海ノ津　あらうみのつ
□㉓万両ノ雪　まんりょうのゆき
□㉔朧夜ノ桜　ろうやのさくら
□㉕白桐ノ夢　しろぎりのゆめ
□㉖紅花ノ邨　べにばなのむら
□㉗石榴ノ蠅　ざくろのはえ
□㉘照葉ノ露　てりはのつゆ
□㉙冬桜ノ雀　ふゆざくらのすずめ
□㉚侘助ノ白　わびすけのしろ
□㉛更衣ノ鷹　きさらぎのたか　上
□㉜更衣ノ鷹　きさらぎのたか　下
□㉝孤愁ノ春　こしゅうのはる
□㉞尾張ノ夏　おわりのなつ
□㉟姥捨ノ郷　うばすてのさと
□㊱紀伊ノ変　きいのへん
□㊲一矢ノ秋　いっしのとき
□㊳東雲ノ空　しののめのそら
□㊴秋思ノ人　しゅうしのひと
□㊵春霞ノ乱　はるがすみのらん
□㊶散華ノ刻　さんげのとき
□㊷木槿ノ賦　むくげのふ
□㊸徒然ノ冬　つれづれのふゆ
□㊹湯島ノ罠　ゆしまのわな
□㊺空蟬ノ念　うつせみのねん
□㊻弓張ノ月　ゆみはりのつき
□㊼失意ノ方　しついのかた
□㊽白鶴ノ紅　はっかくのくれない
□㊾意次ノ妄　おきつぐのもう
□㊿竹屋ノ渡　たけやのわたし
□(51)旅立ノ朝　たびだちのあした

【シリーズ完結】

□シリーズガイドブック
「居眠り磐音 江戸双紙」読本
（特別書き下ろし小説・シリーズ番外編
「跡継ぎ」収録）

キリトリ線

□居眠り磐音 江戸双紙 帰着準備号
橋の上《はしのうえ》
(特別収録「著者メッセージ&インタビュー」
「磐音が歩いた『江戸』案内」「年表」)

□吉田版「居眠り磐音」江戸地図
磐音が歩いた江戸の町
(文庫サイズ箱入り)
超特大地図＝縦75㎝×横80㎝

ハルキ文庫
鎌倉河岸捕物控《かまくらがしとりものひかえ》

□①**橘花の仇**《きっかのあだ》
□②**政次、奔る**《せいじ、はしる》
□③**御金座破り**《ごきんざやぶり》
□④**暴れ彦四郎**《あばれひこしろう》
□⑤**古町殺し**《こまちごろし》
□⑥**引札屋おもん**《ひきふだやおもん》
□⑦**下駄貫の死**《げたかんのし》
□⑧**銀のなえし**《ぎんのなえし》
□⑨**道場破り**《どうじょうやぶり》
□⑩**埋みの棘**《うずみのとげ》
□⑪**代がわり**《だいがわり》
□⑫**冬の蜉蝣**《ふゆのかげろう》
□⑬**独り祝言**《ひとりしゅうげん》
□⑭**隠居宗五郎**《いんきょそうごろう》
□⑮**夢の夢**《ゆめのゆめ》
□⑯**八丁堀の火事**《はっちょうぼりのかじ》
□⑰**紫房の十手**《むらさきぶさのじって》
□⑱**熱海湯けむり**《あたみゆけむり》
□⑲**針いっぽん**《はりいっぽん》
□⑳**宝引きさわぎ**《ほうびきさわぎ》
□㉑**春の珍事**《はるのちんじ》
□㉒**よっ、十一代目!**《よっ、じゅういちだいめ》
□㉓**うぶすな参り**《うぶすなまいり》
□㉔**後見の月**《うしろみのつき》
□㉕**新友禅の謎**《しんゆうぜんのなぞ》
□㉖**閉門謹慎**《へいもんきんしん》
□㉗**店仕舞い**《みせじまい》
□㉘**吉原詣で**《よしわらもうで》
□㉙**お断り**《おことわり》
□㉚**嫁入り**《よめいり》

□シリーズガイドブック
「鎌倉河岸捕物控」読本
(特別書き下ろし小説・シリーズ番外編
「寛政元年の水遊び」収録)

□シリーズ副読本
鎌倉河岸捕物控 街歩き読本

双葉文庫
空也十番勝負 青春篇《くうやじゅうばんしょうぶ せいしゅんへん》

□①**声なき蟬**《こえなきせみ》 上
□②**声なき蟬**《こえなきせみ》 下
□③**恨み残さじ**《うらみのこさじ》

キリトリ線

講談社文庫

交代寄合伊那衆異聞
こうたいよりあいいなしゅういぶん

□ ① 変化 へんげ
□ ② 雷鳴 らいめい
□ ③ 風雲 ふううん
□ ④ 邪宗 じゃしゅう
□ ⑤ 阿片 あへん
□ ⑥ 攘夷 じょうい
□ ⑦ 上海 しゃんはい
□ ⑧ 黙契 もっけい
□ ⑨ 御暇 おいとま
□ ⑩ 難航 なんこう
□ ⑪ 海戦 かいせん
□ ⑫ 謁見 えっけん
□ ⑬ 交易 こうえき
□ ⑭ 朝廷 ちょうてい
□ ⑮ 混沌 こんとん
□ ⑯ 断絶 だんぜつ
□ ⑰ 散斬 ざんぎり
□ ⑱ 再会 さいかい
□ ⑲ 茶葉 ちゃば
□ ⑳ 開港 かいこう
□ ㉑ 暗殺 あんさつ
□ ㉒ 血脈 けつみゃく
□ ㉓ 飛躍 ひやく

【シリーズ完結】

ハルキ文庫

長崎絵師通吏辰次郎
ながさきえしとおりしんじろう

□ ① 悲愁の剣 ひしゅうのけん
□ ② 白虎の剣 びゃっこのけん

光文社文庫

夏目影二郎始末旅
なつめえいじろうしまつたび

□ ① 八州狩り はっしゅうがり
□ ② 代官狩り だいかんがり
□ ③ 破牢狩り はろうがり
□ ④ 妖怪狩り ようかいがり
□ ⑤ 百鬼狩り ひゃっきがり
□ ⑥ 下忍狩り げにんがり
□ ⑦ 五家狩り ごけがり
□ ⑧ 鉄砲狩り てっぽうがり
□ ⑨ 奸臣狩り かんしんがり
□ ⑩ 役者狩り やくしゃがり
□ ⑪ 秋帆狩り しゅうはんがり
□ ⑫ 鵺女狩り ぬえめがり
□ ⑬ 忠治狩り ちゅうじがり
□ ⑭ 奨金狩り しょうきんがり

キリトリ線

□⑮神君狩り《しんくんがり》
【シリーズ完結】

□シリーズガイドブック
夏目影二郎「狩り」読本
（特別書き下ろし小説・シリーズ番外編
「位の桃井に鬼が棲む」収録）

祥伝社文庫

秘剣《ひけん》

□①秘剣雪割り《ひけんゆきわり》 悪松《わるまつ》・棄郷編《ききょうへん》
□②秘剣瀑流返し《ひけんばくりゅうがえし》 悪松《わるまつ》・対決《たいけつ》「鎌鼬《かまいたち》」
□③秘剣乱舞《ひけんらんぶ》 悪松《わるまつ》・百人斬り《ひゃくにんぎり》
□④秘剣孤座《ひけんこざ》
□⑤秘剣流亡《ひけんりゅうぼう》

新潮文庫

古着屋総兵衛《ふるぎやそうべえ》初傳《しょでん》

□光圀《みつくに》
（新潮文庫百年特別書き下ろし作品）

新潮文庫

古着屋総兵衛影始末《ふるぎやそうべえかげしまつ》

□①死闘《しとう》
□②異心《いしん》
□③抹殺《まっさつ》
□④停止《ちょうじ》
□⑤熱風《ねっぷう》
□⑥朱印《しゅいん》
□⑦雄飛《ゆうひ》
□⑧知略《ちりゃく》
□⑨難破《なんぱ》
□⑩交趾《こうち》
□⑪帰還《きかん》
【シリーズ完結】

新潮文庫

新・古着屋総兵衛《しん・ふるぎやそうべえ》

□①血に非ず《ちにあらず》
□②百年の呪い《ひゃくねんののろい》
□③日光代参《にっこうだいさん》
□④南へ舵を《みなみへかじを》
□⑤〇に十の字《まるにじゅのじ》
□⑥転び者《ころびもん》
□⑦二都騒乱《にとそうらん》
□⑧安南から刺客《アンナンからしかく》

キリトリ線

□ ⑨ たそがれ歌麿《たそがれうたまろ》
□ ⑩ 異国の影《いこくのかげ》
□ ⑪ 八州探訪《はっしゅうたんぼう》
□ ⑫ 死の舞い《しのまい》
□ ⑬ 虎の尾を踏む《とらのおをふむ》
□ ⑭ にらみ《にらみ》

祥伝社文庫

完本《かんぼん》 密命《みつめい》

□ ① 完本 密命 見参《けんざん》！ 寒月霞斬り《かんげつかすみぎり》
□ ② 完本 密命 弦月三十二人斬り《げんげつさんじゅうににんぎり》
□ ③ 完本 密命 残月無想斬り《ざんげつむそうぎり》
□ ④ 完本 密命 刺客《しかく》 斬月剣《ざんげつけん》
□ ⑤ 完本 密命 火頭《かとう》 紅蓮剣《ぐれんけん》
□ ⑥ 完本 密命 兇刃《きょうじん》 一期一殺《いちごいっさつ》
□ ⑦ 完本 密命 初陣《ういじん》 霜夜炎返し《そうやほむらがえし》
□ ⑧ 完本 密命 悲恋《ひれん》 尾張柳生剣《おわりやぎゅうけん》
□ ⑨ 完本 密命 極意《ごくい》 御庭番斬殺《おにわばんざんさつ》
□ ⑩ 完本 密命 遺恨《いこん》 影ノ剣《かげのけん》
□ ⑪ 完本 密命 残夢《ざんむ》 熊野秘法剣《くまのひほうけん》
□ ⑫ 完本 密命 乱雲《らんうん》 傀儡剣合わせ鏡《くぐつけんあわせかがみ》
□ ⑬ 完本 密命 追善《ついぜん》 死の舞《しのまい》
□ ⑭ 完本 密命 遠謀《えんぼう》 血の絆《ちのきずな》
□ ⑮ 完本 密命 無刀《むとう》 父子鷹《おやこだか》
□ ⑯ 完本 密命 烏鷺《うろ》 飛鳥山黒白《あすかやまこくびゃく》
□ ⑰ 完本 密命 初心《しょしん》 闇参籠《やみさんろう》
□ ⑱ 完本 密命 遺髪《いはつ》 加賀の変《かがのへん》
□ ⑲ 完本 密命 意地《いじ》 具足武者の怪《ぐそくむしゃのかい》
□ ⑳ 完本 密命 宣告《せんこく》 雪中行《せっちゅうこう》
□ ㉑ 完本 密命 相剋《そうこく》 陸奥巴波《みちのくともえなみ》
□ ㉒ 完本 密命 再生《さいせい》 恐山地吹雪《おそれざんじふぶき》
□ ㉓ 完本 密命 仇敵《きゅうてき》 決戦前夜《けっせんぜんや》
□ ㉔ 完本 密命 切羽《せっぱ》 潰し合い中山道《つぶしあいなかせんどう》
□ ㉕ 完本 密命 覇者《はしゃ》 上覧剣術大試合《じょうらんけんじゅつおおじあい》
□ ㉖ 完本 密命 晩節《ばんせつ》 終の一刀《ついのいっとう》

【シリーズ完結】

□ シリーズガイドブック
「密命」読本
（特別書き下ろし小説・シリーズ番外編
「虚けの龍」収録）

キリトリ線

キリトリ線

文春文庫 小籐次青春抄《ことうじせいしゅんしょう》

□品川の騒ぎ・野鍛冶《しながわのさわぎ　のかじ》

文春文庫 酔いどれ小籐次《よいどれことうじ》

□①御鑓拝借《おやりはいしゃく》
□②意地に候《いじにそうろう》
□③寄残花恋《のこりはなよするこい》
□④一首千両《ひとくびせんりょう》
□⑤孫六兼元《まごろくかねもと》
□⑥騒乱前夜《そうらんぜんや》
□⑦子育て侍《こそだてざむらい》
□⑧竜笛嫋々《りゅうてきじょうじょう》
□⑨春雷道中《しゅんらいどうちゅう》
□⑩薫風鯉幟《くんぷうこいのぼり》
□⑪偽小籐次《にせことうじ》
□⑫杜若艶姿《とじゃくあですがた》
□⑬野分一過《のわきいっか》
□⑭冬日淡々《ふゆびたんたん》
□⑮新春歌会《しんしゅんうたかい》

〈決定版〉随時刊行予定

□⑯旧主再会《きゅうしゅさいかい》
□⑰祝言日和《しゅうげんびより》
□⑱政宗遺訓《まさむねいくん》
□⑲状箱騒動《じょうばこそうどう》

文春文庫 新・酔いどれ小籐次《しん・よいどれことうじ》

□①神隠し《かみかくし》
□②願かけ《がんかけ》
□③桜吹雪《はなふぶき》
□④姉と弟《あねとおとうと》
□⑤柳に風《やなぎにかぜ》
□⑥らくだ《らくだ》
□⑦大晦り《おおつごもり》
□⑧夢三夜《ゆめさんや》
□⑨船参宮《ふなさんぐう》

光文社文庫 吉原裏同心《よしわらうらどうしん》

□①流離《りゅうり》
□②足抜《あしぬき》
□③見番《けんばん》
□④清搔《すががき》
□⑤初花《はつはな》
□⑥遣手《やりて》
□⑦枕絵《まくらえ》

光文社文庫

吉原裏同心抄 よしわらうらどうしんしょう

- ① 旅立ちぬ たびだちぬ

ハルキ文庫

シリーズ外作品

- □ 異風者 いひゅもん

- ⑧ 炎上 えんじょう
- ⑨ 仮宅 かりたく
- ⑩ 沽券 こけん
- ⑪ 異館 いかん
- ⑫ 再建 さいけん
- ⑬ 布石 ふせき
- ⑭ 決着 けっちゃく
- ⑮ 愛憎 あいぞう
- ⑯ 仇討 あだうち
- ⑰ 夜桜 よざくら
- ⑱ 無宿 むしゅく
- ⑲ 未決 みけつ
- ⑳ 髪結 かみゆい
- ㉑ 遺文 いぶん
- ㉒ 夢幻 むげん
- ㉓ 狐舞 きつねまい
- ㉔ 始末 しまつ
- ㉕ 流鶯 りゅうおう

□ 佐伯泰英「吉原裏同心」読本
シリーズ副読本